Für die Bewohner einer abgelegenen Insel ist es der schnelle Wanderstern, ein Magier des Himmels und Mittler zwischen den Lebenden und den Toten. Für die übrige Welt ist es die Internationale Raumstation ISS, Weltraumlabor und seit 30 Jahren Ausdruck der friedlichen Zusammenarbeit im All. Dort bereitet eine vierköpfige Besatzung im April 2028 deren endgültige Stilllegung vor. Doch bei den abschließenden wissenschaftlichen Experimenten machen die Astronauten eine unerwartete Entdeckung. Der Wanderstern hat noch eine letzte Botschaft an die Erde ...

Die Begegnung mit dem Fremden steht im Mittelpunkt des ersten Science-Fiction-Romans in der Reihe *heise online: Welten*. Wie viel Respekt verdienen außerirdische Mikroben? Wo verläuft die Grenze zwischen Leben und Nichtleben? Können sich Bewohner verschiedener Welten überhaupt miteinander verständigen?

In seinem Romandebüt findet Hans-Arthur Marsiske überraschende Antworten. Eine spannende Reise ins Weltall – die mit einer Überraschung endet.

in Zusammenarbeit mit heise online Welten

Hans-Arthur Marsiske

Die letzte Crew des Wandersterns

Science-Fiction-Roman

Herausgegeben von Jürgen Kuri

heise online
Welten

HINSTORFF

Liebe Leserin, lieber Leser, wir freuen uns über Ihre Bewertung um Internet!

Die Deutsche Nationalbibliothek verteichnet diese Publiktion in der Deutschen Nationalbibliografie; detaillierte bibliografische Daten sind im Internet über http://dnb.de abrufbar.

1. Auflage 2019
Herstellung: Hinstorff Verlag GmbH
Titelbild: Adobe Stock | © nuttawutnuy
Druck: GGP Media GmbH, Pößneck
Printed in Germany
ISBN 978-3-356-02227-8

Vorwort

Utopien einer durch Technik befreiten oder zumindest freier gewordenen Gesellschaft? Oder Vorstellungen von einer Gesellschaft, die durch Technik lebenswerter wird?

Der Zukunftsoptimismus der 50-er Jahre ist auch in der utopischen Literatur verschwunden. Moderne Science-Fiction bietet vor allem Dystopien, schildert durch Technik überwältigte Menschen und Gesellschaften, die unter Überwachungs- und Sozialen-Kontroll-Systemen geknebelt werden. Oder die Science-Fiction verlegt sich auf ausufernde Space Operas (manche sagen: flüchtet sich dahin …): Die Geschichten streben in so ferne Universen, dass sie nur noch marginal mit einer halbwegs realen Zukunftsvision zu tun haben.

Aber kann Science-Fiction überhaupt in die Zukunft schauen? Ja und nein.

Die Trefferliste bisheriger Science-Fiction ist eher mau, dabei gibt es immer wieder herausragende Beispiele, die Visionen einer Zukunft formulieren, welche uns heute sehr real erscheinen. Etwa die *Neoromancer*-Trilogie von William Gibson, die das, was wir heute als Cyberspace erleben und teilweise immer noch imaginieren, recht exakt beschrieb. Ein anderer Science-Fiction-Autor (und Netzaktivist), Cory Doctorow, meint gar, dass Science-Fiction keine Prognose für die Zukunft liefere.

Aber sie kann im besten Fall die Zukunft verändern. Dadurch, dass sie den Lesern begreiflich macht, worin die Bedeutung aktueller Entwicklungen liegt und welche Effekte auf den Einzelnen und die Gesellschaft sie haben.

Wir bei *heise online* verfolgen einen ähnlichen Anspruch: Nicht nur die aktuellen Entwicklungen in Technik und Forschung zu beschreiben, sondern sie auch kritisch zu hinterfragen und den Lesern begreiflich zu machen. Dabei verfallen wir weder in apokalyptische Technik-Kritik noch blinde Technik-Euphorie; wir wollen keinesfalls, dass die Chancen, die Neuerungen in Technik und Wissenschaft bieten, für die Gesellschaft und den einzelnen Anwender ungenutzt bleiben.

Mit diesem Anspruch gehen wir auch an unsere Buchreihe *heise online: Welten* heran. Die Romane sind Unterhaltung, die fesselt, die Leserinnen und Leser auch mal Netflix links liegen lässt. Sie sollen aber auch aktuelle Entwicklungen begreifbar machen, sei es als Zukunftsvorstellung in den utopischen Geschichten von Science-Fiction, sei es in anderen literarischen Formen wie Krimis oder aktuellen Romanen.

Mit einem Roman von Hans-Arthur Marsiske starten wir mit einem Autor, der den *heise online*-Lesern wohl bekannt ist: Vor allem seine Texte und Berichte zur Robotik führen nicht nur in die gegenwärtige Technik der Automaten ein, sondern diskutieren beispielsweise immer wieder die Ethik des Technikeinsatzes und die spezielle Maschinen-Ethik. Und ohne schon zu viel zu verraten: Mit seinem Roman *Die letzte Crew des Wandersterns* greift er noch einmal weit über den schon sehr weiten Rahmen der Robotik hinaus, begibt sich in den Weltraum und kehrt doch zurück zu unerwarteten Begegnungen.

Ich wünsche Ihnen viel Spaß bei der Lektüre!

Jürgen Kuri
Herausgeber

1

Vor den Flammen fliehen sie alle, Löwe und Elefant genauso wie Zebra, Gazelle oder Schwarze Mamba. Die ersten aber, die nach einem Buschfeuer zurückkommen, sind stets die Raubtiere. Geier und Bussarde kreisen dann über der noch rauchenden Steppe, Raubkatzen und Hyänen nähern sich vorsichtig der Brandstelle, wo sie jetzt leicht Beute machen können.

Und tatsächlich, dort drüben, am Rande der Brandfläche zwischen den unversehrten Büschen, da steht ein Zweibeiner. Meistens ziehen sie in Gruppen herum und sind dann schwer anzugreifen. Dieser jedoch ist allein. Er scheint unverletzt, aber er passt nicht auf. Fast regungslos steht er da, den Blick vor sich auf den Boden gerichtet. Bemerkt nicht den Leoparden, der sich geräuschlos anschleicht, zielstrebig, doch ohne Hast. Nur noch wenige Schritte trennen ihn von seinem Opfer.

Der Zweibeiner beugt sich hinunter, streckt den Arm aus, dreht dabei leicht den Kopf. Er weiß, was diese beiden gelb schimmernden Punkte und die markant geformten schwarzen Linien darunter bedeuten. Weiß, dass es zu spät ist. Er kann nicht mehr weglaufen.

Auf die Idee, sich mit dem Ast, nach dem er gerade gegriffen hat, zu verteidigen, kommt er gar nicht. Tag für Tag nutzt er solche herumliegenden Baumteile, um Ameisen aufzuscheuchen, lästige Affen zu verjagen oder Früchte von Bäumen zu schlagen. Doch dieses Stück Holz ist anders, es scheint lebendig zu sein. An einem Ende sieht es aus wie jeder andere Ast oder Zweig. Am anderen Ende leuchtet es, pulsiert, gibt Geräusche von sich. Ist im Holz ein Geist erwacht? Kann er ihn berühren? Gerade hatte der Zweibeiner all seinen Mut zusammengenommen, um es herauszufinden.

Als er jetzt angesichts der Gefahr erschrocken herumwirbelt, macht der Ast in seiner Hand die Bewegung einfach nur mit. Dabei lässt der Luftzug fauchend Flammen aus der Glut springen. Der Leopard erstarrt. Der Zweibeiner auch. Aber er lässt den Ast nicht los. Dann werden die Flammen wieder kleiner, ziehen sich in die Glut zurück. Nur sie schützen vor der Bestie, das hat der Zweibeiner rasch begriffen. Er will, dass sie wiederkommen, wedelt aufgeregt mit dem Ast. Tatsächlich, die Flammen zischen wieder hervor. Die Raubkatze geht einen Schritt zurück. Als der Zweibeiner noch heftiger mit dem Ast nach ihr schlägt, dreht sie sich um und flieht.

Der Zweibeiner verfolgt sie nicht, läuft nur ein paar Schritte hinter ihr her. Dann bleibt er wieder regungslos stehen. Er hat die Bestie verjagt! Begreift er, was geschehen ist? Wahrscheinlich nicht. Aber es fühlt sich gut an. Er ist groß. Er ist mächtig. Er ist ein Mensch.

Juri sah erwartungsvoll in die Runde. Die anderen drei ließen seine Worte noch einen Moment nachklingen, dann nickten sie langsam, einer nach dem anderen. Ja, so könnte es gewesen sein. Juri, der kleine, stämmige Russe, dessen Mundwinkel fast immer ein Lächeln zu umspielen schien, hatte eine blühende Fantasie, ein umfassendes Wissen und kombinierte beides zu Geschichten, mit denen er sie immer wieder verblüffte. Und immer ging es ums Feuer.

„Kennt ihr Kubrick?“, fragte er, bevor jemand anders das Wort ergriff. „Space Odyssey?“

Klar. Jeder Astronaut kannte den Film.

„Die Szene mit den Urmenschen würde er heute so drehen. Nicht mehr mit Knochen. Das ist überholt. Es ist nicht das Werkzeug, das den Menschen vom Tier unterscheidet. Es ist das Feuer. Wenn es jemals ein Remake des Films gibt, muss der siegreiche Homo erectus einen glühenden Ast in die Luft schleudern, der sich im Flug in die Rückstoßflamme einer Rakete verwandelt."

„Ein Remake von Space Odyssey? Du spinnst wohl!", protestierte Nick. Selbst überrascht über die Heftigkeit seiner Reaktion, hielt der groß gewachsene, glatzköpfige Amerikaner einen Moment inne. Er schnappte mit dem Mund nach einem Tropfen Saft, den er verschüttet hatte und der davonzuschweben drohte. „Aber die Szene mit der Rakete ist stark, das muss ich zugeben."

„Startet sie oder landet sie?" Suneetha hatte Juri fasziniert zugehört. Die zierliche Inderin, die sich für diese Mission extra die Haare hatte kurz schneiden lassen, liebte die gemeinsamen Mahlzeiten mit ihren Kollegen, bei denen sie ihren Fantasien oft freien Lauf ließen, verrückte Ideen entwickelten und sich dabei gegenseitig die Bälle zuwarfen, völlig ziellos, ohne zu einem Ergebnis kommen zu müssen. Es waren Momente geistiger Schwerelosigkeit, die sie im streng getakteten Alltag auf der Raumstation als eine besondere Kostbarkeit erlebte.

„Sie startet natürlich!" Juri antwortete ohne Zögern. „Es geht ja um den Aufbruch der Menschheit. Den Startturm hat sie gerade hinter sich gelassen, aber die Flamme berührt gerade noch den Boden. Es ist die größte Flamme aller Zeiten."

„Und um sie herum stehen eine Million Menschen", sagte Nick.

Juri stutzte einen Moment und lächelte. „Das ist auch ein starkes Bild. Wie kommst du darauf?"

„Weil es so war. Eine Million Menschen waren nach Cape Canaveral gekommen, um den Start von Apollo 11 zu sehen. Und die Saturn 5 war damals die größte Rakete der Welt."

„Aber wenn ihr Fiktion so mit der Realität verknüpft, wird daraus eine ganz andere Geschichte." Der Einwand kam von Mark, dem jüngsten Besatzungsmitglied. Der deutsche Materialwissenschaftler war noch mit dem Erdbeereis beschäftigt, das er sich als Nachtisch ausgesucht hatte. Im Vergleich mit Juri und Nick wirkte er fast schmächtig und aufgrund der blonden Haare und einiger Sommersprossen auch verletzlicher. Seine kontrollierten Körperbewegungen verrieten jedoch, dass er ebenso gut durchtrainiert war wie seine Kameraden. „Im Unterschied zu Kubricks Raumfahrern haben die Apollo-Astronauten auf dem Mond schließlich keine Hinterlassenschaften von Außerirdischen gefunden", erläuterte er seinen Gedanken. „Oder habe ich da etwas verpasst?"

„Nein", bestätigte Juri. „Bis jetzt haben wir da oben noch nichts Derartiges gefunden. Aber wir haben ja auch noch gar nicht richtig gesucht."

2

Es war dunkel, als Jaiya erwachte. Die heruntergebrannten Feuer vor den kreisförmig angeordneten Palmenhütten spendeten kaum noch Licht, die dichten Baumkronen verdeckten den Nachthimmel. Doch Jaiya musste nicht zu den Sternen aufblicken, um zu wissen, dass es Zeit zum Aufbruch war.

Sie erhob sich von ihrem Nachtlager, griff den bereit liegenden Beutel und tauchte in den Dschungel ein. Völlig lautlos glitt sie durch die Finsternis. Die Umgebung des Dorfes war ihr so vertraut, dass sie kein Licht brauchte, um sicher ihren Weg zu finden. Bekannte Unebenheiten im Boden verrieten ihr ebenso wie markant geformte Baumstämme, dass sie sich in der richtigen Richtung bewegte. Einmal nahm sie einen schwachen Geruch wahr, der von einer Gruppe Affen stammen musste. Sie hatten aber schon vor einer Weile

Jaiyas Weg gekreuzt. Jetzt war alles ruhig. Ohne Probleme erreichte sie den Waldrand.

Von hier aus war der Sternenhimmel gut sichtbar. Sie schaute jedoch nur kurz hinauf. Es war eine mondlose Nacht, die Sterne standen genau wie erwartet, würden aber bald in der kurzen Dämmerung verschwinden, bis die Sonne aus dem Meer stieg und die Herrschaft über den Tag übernahm. Jaiya wusste genau, wann der erste Rand des Strahlenkranzes sich zeigte. Sie würde rechtzeitig am Strand sein.

Aber würde sich die Sonne wie jeden anderen Tag einfach so aus dem Wasser erheben? Als wäre nichts geschehen? Jaiya wollte dabei sein, wenn es geschah.

Inzwischen war es hell genug, sodass sie gefahrlos das steinige Geröllfeld überqueren konnte. Geschmeidig sprang sie von Stein zu Stein. Mit sicherem Blick prüfte sie immer schon zwei Schritte im voraus, welche Felsbrocken ihr ausreichend Halt geben konnten, vermied solche mit scharfen Kanten oder Spitzen. Als ein Stein einmal überraschend doch etwas wackelte und sie abzustürzen drohte, rettete sie sich mit einem raschen Ausfallschritt. Es war wichtig, das Tempo und den Takt der Sprünge beizubehalten. Wenn sie stehenblieb, das wusste sie, würde es schwieriger werden. Es war der Rhythmus ihrer Bewegungen, der ihr Stabilität und Sicherheit gab.

Jaiyas außergewöhnliche Begabung hatte sich schon früh gezeigt, als sie noch ein kleines Mädchen war. Wann immer getanzt wurde, bei Dorffesten, heiligen Zeremonien oder aus einer spontanen Laune heraus, war sie dabei gewesen und hatte sich zu den Klängen der Trommeln bewegt, als wären es Meereswellen, die sie trugen und hin und her warfen. Sie schien in der Musik zu schwimmen, tauchte manchmal in sie ein, um im nächsten Moment mit einem kraftvollen Sprung wie ein Delfin wieder aus ihr aufzutauchen.

Bald war sie selbst zu einer der beliebtesten Trommlerinnen geworden, nicht nur in ihrem Dorf, sondern auch bei den Nachbarn. Mit ihren Händen und ihrer Stimme eröffnete sie den Tänzern Zugang zur Geisterwelt und konnte sie wie auch sich selbst mit immer schnelleren Wirbeln zur Ekstase treiben wie keine andere.

Eine noch viel mächtigere Magie jedoch, das hatte Jaiya schon bald gespürt, lag in der Langsamkeit. Der Atem des Meeres und der Winde, der Tanz von Sonne und Mond, die Wege der Wandersterne – sie alle folgten Rhythmen, die mit keiner Trommel jemals gespielt werden konnten. Jaiya konnte sie dennoch fühlen. Da war eine ungeheure Kraft in diesen Bewegungen. Sie wollte sich damit verbinden, in den lang gedehnten Vibrationen ebenso aufgehen wie in den rasenden Taktschlägen bei den Festen, wenn Tänzer und Trommler zu einem Körper wurden. Doch die Geister der Langsamkeit gaben sich nicht leicht zu erkennen.

Außer ihr schien sich kaum jemand dafür zu interessieren. Dem alten Heiler Yabuu jedoch war schon früh aufgefallen, mit welcher Hingabe Jaiya den Himmel beobachtete.

In einer Dunkelnacht war er damals zu ihr gekommen, als sie auf der Lichtung lag und den sich langsam drehenden Lichtern dort oben zugesehen hatte. Er hatte sich neben sie gelegt. Beide hatten eine Weile still nach oben geschaut.

„Leben dort oben Menschen wie wir?" hatte Jaiya gefragt.

„Nein", hatte der alte Mann erwidert. „Sie sind anders als wir. Was wir sehen, sind die Lagerplätze der Toten. Sie haben ihre Körper hier zurückgelassen und neue bekommen. Aber niemand weiß, wie sie aussehen. Es ist noch nie jemand von dort zurückgekehrt."

„Sie sind so weit weg." In Jaiyas Stimme war Enttäuschung mitgeschwungen.

„Ja, weiter als je ein Mensch laufen kann. Selbst alle Schritte von allen Menschen, die sie in ihrem Leben gelaufen sind, würden nicht ausreichen. Kein Lebender kann je das Reich der Toten erreichen. Du musst warten, bis sie dich holen."

In der Regel gaben sich die Zuhörer des Medizinmannes mit solchen Erklärungen zufrieden und wandten sich rasch wieder näher liegenden Angelegenheiten zu, sammelten Früchte, beobachteten das Meer nach Anzeichen von Fischschwärmen, bereiteten Pfeilgift für die Jagd zu oder spielten einfach.

Jaiya war anders, das hatte der weise Mann längst bemerkt. Stärker als alle anderen fühlte sie sich zur Geisterwelt hingezogen, wollte alles darüber wissen. Und der Medizinmann hatte viel Wissen, das er weitergeben musste. Er hatte überlegt, ob Jaiya eines Tages seinen Platz einnehmen könnte und sich bestätigt gefühlt, als sie fragte: „Warum bleiben die meisten immer am gleichen Ort, während andere herumziehen?"

„Die Wanderer bewegen sich in einer Zwischenwelt", hatte Yabuu gesagt. „Sie halten den Kontakt zu uns Lebenden und überbringen uns manchmal Botschaften. Aber nicht jeder kann sie verstehen. Deshalb gibt es auch bei uns Ausgewählte, die die Verbindung zum Totenreich halten."

Trotz ihrer Jugend hatte Jaiya auch damals schon mehrere solcher Zeremonien miterlebt. Die ganze Nacht hatten sich die Dorfbewohner mit Musik, Tanz und Kräutern berauscht, bis der Morgenstern erschien und einen Fächer aus Licht hinter sich her zog. In diesem Moment öffnete sich vorübergehend das Tor zum Jenseits. Die Menschen konnten nicht hindurch treten, wohl aber ihre Gedanken und Gefühle, geleitet durch farbige Flammen, die der Medizinmann mit einem magischen Stab entfachte.

„Es sind also die Zauberleute der Toten“, hatte Jaiya bemerkt.

Der Morgenstern, der oft auch am Abend erschien, aber stets in der Nähe der Sonne blieb, zählte zu den schnellen Himmelslichtern. Er wanderte dennoch immer noch so langsam, dass seine Bewegung nur von einer Nacht zur anderen zu erkennen war. Andere Sterne dagegen rasten geradezu über den Himmel, sie stiegen über den Horizont und waren innerhalb weniger Atemzüge auf der anderen Seite wieder verschwunden.

„Sind das auch Zauberer?“, hatte Jaiya gefragt, als einer dieser schnellen Wanderer über ihnen seiner geraden Bahn folgte. „Warum feiern wir keine Feste mit ihnen?“

Der Magier hatte still gelächelt. Jaiya war wirklich ein ganz besonderes Mädchen. Die schnellen Wandersterne. Die alten Geschichten erzählten von Lichtern am Himmel, die plötzlich auftauchten und nach einer Weile wieder verschwanden, manche mit einem Streifen aus Licht. Aber von diesen Sternen, die schnell, mit gleichmäßigem Tempo über den Himmel zogen, war nirgendwo die Rede.

Sie waren ihm zum ersten Mal aufgefallen, als er selbst noch jung und vom damaligen Dorfweisen in die Geheimlehren eingeführt worden war. Doch die Fragen nach der Bedeutung dieser Sterne hatte sein Lehrmeister nicht beantworten können. Er hatte sie auch zum ersten Mal gesehen. Und im Lauf der Jahre waren es immer mehr geworden. Es mochten vielleicht Zauberer sein. Oder Krieger.

„Sie sind noch nicht lange da“, hatte Yabuu gesagt. „Wir kennen sie kaum. Sie kommen und gehen, wie sie wollen, und bleiben nie lange. Wie sollen wir mit so jemandem Feste feiern?“

Er hatte mit ruhiger Stimme gesprochen. Jaiya war das leichte Zögern jedoch nicht entgangen. Der weise Mann war beunruhigt gewesen. Er, der jede Pflanze und jedes Tier kannte, der mit der Geisterwelt in Verbindung stand und Kranke heilen konnte, hatte es mit einer Erscheinung zu tun, die er nicht verstand. Die Ordnung am Himmel war gestört. Die Toten kamen näher. Aber was sie wollten, war ein Rätsel.

„Wir könnten sie einladen", hatte Jaiya vorgeschlagen. „Wenn wir ein großes Feuer entfachen, müssten sie es sehen."

Es war eine seltsame Idee für ein Volk, das auf seiner Insel keine Besucher duldete. Fremde brachten Unruhe, Krankheit und Tod. Niemand durfte das Land betreten. Der wachsame Blick aufs Meer war für Jaiya so selbstverständlich wie Atmen. Am Strand sang sie oft das Lied von Ao, dem mutigen Bogenschützen, der einst mit einem weiten Schuss die Eindringlinge verjagte. Aber dort oben am Himmel, das waren keine Fremden. Es waren Boten ihrer Vorfahren, Gesandte aus dem Sternenreich. Es musste einen Grund geben, warum sich immer mehr von ihnen am Himmel tummelten. Jaiya wollte ihn erfahren. Nur widerstrebend hatte sie sich dem Medizinmann gefügt. Nein, ein großes Feuer kam nicht in Frage.

Doch sie hatte den Himmel weiter beobachtet und bald auch in den Bewegungen der schnellen Wanderer Regelmäßigkeiten erkannt. Es war nicht so, wie vom Magier behauptet. Sie kamen und gingen nicht, wie sie wollten, sondern bewegten sich wie die anderen Himmelswanderer auf geraden Wegen und mit gleichmäßigen Geschwindigkeiten, nur eben viel schneller. Sie waren aber meistens schwer voneinander zu unterscheiden, sodass Jaiya nicht sicher sein konnte, ob ein Stern wiederholt seine Bahn zog oder ein anderer seinen Platz eingenommen hatte.

Einer jedoch stach heraus. Er war heller als alle anderen und ließ sich dadurch gut wiedererkennen. Mit der Zeit hatte

Jaiya seine Bewegungen immer besser nachvollziehen und vorhersehen können. Sehen konnte sie ihn nur in der Dämmerung. Wie alle anderen Schnellläufer verbarg er sich in der Finsternis der tiefen Nacht. Jaiya war jedoch sicher gewesen, dass er auch im Dunkeln weiter über den Himmel wanderte.

Als sie jetzt den Strand erreichte, war der Morgenhimmel bereits rot eingefärbt und überstrahlte die meisten Sterne. Das Meer hatte sich zurückgezogen, in dem noch feuchten Sand tummelten sich Möwen und suchten nach angeschwemmten Muscheln und Krabben. Von den Bäumen her erklang der vielstimmige Gesang der Waldbewohner, die jetzt erwachten.

Für Jaiya waren es vertraute Klänge, die sich in gewohnter Weise nach und nach veränderten. Während der Himmel über dem Wasser heller wurde und die Farbe ins Orange wechselte, kamen immer wieder neue Stimmen hinzu. Sie hörte das langsam ansteigende Gurren der Grünflügeltaube, die melodischen Pfiffe des Dajals, auch die ersten Spechte wurden jetzt aktiv.

Als der Blaukopf mit seinem markanten Ruf in das Konzert einstimmte, wandte Jaiya sich um und schaute zum Wald, in die der Sonne entgegengesetzte Richtung. Wenn der kleine grüne Vogel mit den blauen Federn am Kopf seinen erstaunlich lauten Gesang begann, dauerte es nicht mehr lange, bis die Sonne sich zeigen würde.

Täuschte sich Jaiya, oder klang der Blaukopf heute noch fröhlicher als sonst? Spürte er wie sie, dass am Himmel eine besondere Begegnung bevorstand?

In diesem Moment erschien über den Baumwipfeln der helle Schnellläufer. In einer geraden Linie stieg er in die Höhe und wanderte rasch der Stelle entgegen, wo sich gleich die Sonne übers Wasser erheben wollte. Jaiya ließ ihn keinen Moment aus den Augen, sah ein kurzes Aufblitzen, als er direkt über ihr die höchste Stelle am Himmel erreichte. Je näher er dem Horizont kam, desto schlechter war er zu erkennen. Gegen die Strahlen der dahinter lauernden Sonne kam er nicht an, doch Jaiya verfolgte ihn, so lange es ging. Zuletzt ahnte sie ihn nur noch, schätzte seine Position aufgrund der Geschwindigkeit. Als er auf die Wasserlinie traf, hielt sie unwillkürlich den Atem an. Im gleichen Moment zeigte sich der glühende Rand der Sonne.

Jaiya wusste nicht, was sie erwartet hatte. Irgendetwas, irgendein Zeichen. Doch die Sonne schob sich aus dem Wasser wie immer, völlig unbeeindruckt von der Begegnung mit dem schnellen Wanderer. Sie war nicht heller als sonst, auch nicht dunkler und strahlte nicht in anderen Farben. Es schien wie der ganz normale Beginn eines ganz normalen Tages. Dennoch war Jaiya nicht enttäuscht. Das himmlische Treffen hatte stattgefunden, genau wie sie es erwartet hatte. Und der Tag hatte gerade erst begonnen.

3

Es dauerte ein paar Sekunden, bis der Computer die nötigen Programme für die Steuerung des Roboterarms geladen hatte. Währenddessen schob Nick seine Füße in die Schlaufen unterhalb des Terminals. Um den 17 Meter langen Arm sicher steuern zu können, brauchte er festen Halt.

Er griff nach den beiden Kontrollhebeln. Links für Bewegungen vor und zurück, seitwärts, rauf und runter. Rechts für die Ausrichtung im Raum – pitch, roll, yaw, wie die Robotikingenieure sagten. Als ehemaligem Hubschrauberpiloten der US Navy war es Nick nicht schwergefallen, sich auf das

Interface von Canadarm2 einzustellen. Der wuchtige Manipulator, mit dem er jetzt die Materialproben des Archivexperiments auf der Außenplattform einsammelte, ließ sich tatsächlich ähnlich steuern wie ein Flugzeug.

Die Dynamik allerdings hatte mehr mit einem Zeppelin zu tun als mit einem Düsenjäger. Ein paar Zentimeter pro Sekunde, schneller konnte Nick den Arm nicht bewegen. Dennoch musste er sich genauso konzentrieren wie im Cockpit eines Kampfjets. Tatsächlich rasten sie hier oben ja auch mit fast acht Kilometern pro Sekunde um die Erde. Am Boden entsprach das mehr als 25-facher Schallgeschwindigkeit, um ein Vielfaches schneller als jedes Flugzeug. Da riskierte man keine Fehlgriffe.

Dabei lief das Einsammeln der auf der Plattform platzierten Materialproben zu einem großen Teil automatisiert ab. Für mehr als zwei Jahre waren sie hier den Weltraumbedingungen ausgesetzt gewesen, montiert auf Standardgerüsten mit Schnittstellen für den Endeffektor des Roboterarms. Nicks Aufgabe bestand hauptsächlich darin, dem System immer wieder zu bestätigen, dass es fortfahren sollte – und dabei nicht mit der Aufmerksamkeit nachzulassen.

Endeffektor – Nick hatte sich nie entscheiden können, ob er diesen Begriff blöd oder genial finden sollte. Aber von „Greifer" oder gar „Hand" konnte man bei den Dingern an den beiden Enden des Arms nun wirklich nicht reden. In Astronautensprache hießen sie Lee-1 und Lee-2 – nach ihrer offiziellen Abkürzung LEE für „Latching End Effector". Sie konnten viel weniger als eine menschliche Hand – und zugleich viel mehr.

Ein Lee fasste und bewegte nicht nur Objekte oder auch Astronauten, sondern konnte ebenso als Basis dienen – also gewissermaßen zum Fuß werden – , wenn er sich mit einer der außen über die Raumstation verteilten Steckdosen verband. Diese Power Data Grapple Fixtures (astronautisch: Peedeegeffies) gaben dem Roboterarm Halt, versorgten ihn mit Energie und ermöglichten Kommunikation und Kontrolle. Auf diese Weise konnte der Arm wie eine Raupe von Steckdose zu Steckdose die Raumstation entlang wandern und dort eingesetzt werden, wo er gerade gebraucht wurde: Lee-2 verband sich mit einer Steckdose, Lee-1 löste sich von seiner, schwang sich hinüber zur nächsten, bis das Ziel erreicht war.

Seit 27 Jahren war dieser unermüdliche Arbeiter jetzt schon an Bord. Im April 2001 war er hier angekommen, mit der zweiten Crew der permanenten menschlichen Besatzung. Ohne diesen Roboter hätte es die Internationale Raumstation nicht gegeben. Er hatte sie aufgebaut.

Und jetzt baust du sie bald wieder ab, dachte Nick, während er abwechselnd aus dem Fenster und auf die Monitore schaute. Dies waren die letzten Proben, die er einsammelte. Neue würden nicht mehr kommen.

Die Aufgabe der kommenden Monate bestand darin, die Raumstation nach und nach in ihre Einzelteile zu zerlegen, um die einzelnen Module dann gezielt zum Absturz zu bringen und möglichst vollständig in der Atmosphäre verglühen zu lassen. Einige größere Teile würden im Ozean versinken. Aber vom Roboterarm und seinen beiden Lees blieb bestimmt nichts übrig.

Es hatte schon eine gewisse Ironie: Die eigene Vergänglichkeit im Blick, beschäftigte sich der Roboter zum Abschluss ausgerechnet mit Experimenten, bei denen es ums genaue Gegenteil ging: um Dauerhaftigkeit, extreme Dauerhaftigkeit über Millionen Jahre. Welches Speicherverfahren war am besten geeignet, Informationen über sehr lange Zeiträume zuverlässig zu bewahren?

Die Untersuchung der Proben, die Nick gerade für den Rücktransport zur Erde vorbereitete, sollte helfen, diese Frage zu beantworten.

Beim Frühstück hatten sie gerade erst über „2001: A Space Odyssey“ gesprochen. Juri hatte natürlich recht, nach einer Hinterlassenschaft von Außerirdischen auf dem Mond, so wie in dem Film, war noch nicht ernsthaft gesucht worden. Die Apollo-Astronauten hatten dafür damals weder die Zeit noch die Ausrüstung gehabt und seitdem war niemand mehr dort gewesen.

In den letzten Jahren jedoch, als die Frage nach den nächsten Zielen der bemannten Raumfahrt sich zu so einer unerwartet breit und leidenschaftlich geführten Debatte entwickelt hatte, hatte die Idee neue Attraktivität gewonnen – in verwandelter Form: Jetzt ging es nicht mehr um die Suche nach einer Botschaft, sondern darum, selbst eine zu hinterlassen.

Auf dem Mond sollte ein Archiv der Menschheit entstehen, das einen möglichen Untergang der irdischen Zivilisation überdauern konnte. Zukünftige Besucher sollten von der Geschichte der Bewohner des dritten Planeten im Sonnensystem erfahren, seien es Wesen von fernen Sternsystemen – oder Nachfahren der Menschen, die in einer fernen Zukunft vielleicht erneut die Raumfahrt entwickeln würden.

Das Archivexperiment war das erste, das aus einer Volksabstimmung hervorgegangen war – betreut von Nick, dem letzten US-Bürger, der die Internationale Raumstation besuchte. Dass er überhaupt hier sein konnte, verdankte er den Europäern.

Denn eigentlich hätte die Station schon längst in der Atmosphäre verglüht und im Ozean versenkt sein sollen. Doch dann war die europäische Sonde ExoMars auf dem roten Nachbarplaneten gelandet und hatte die Marsproteine entdeckt. Es war erstaunlich schnell gegangen. Bereits die ersten Bodenproben, geborgen aus knapp zwei Metern Tiefe, hatten starke Hinweise enthalten. Nachdem weitere Proben untersucht und die Daten kritisch überprüft worden waren, hatte die ESA im Frühjahr 2021 verkündet, dass ihre Sonde auf dem Mars Moleküle identifiziert habe, die offensichtlich biologischen Ursprungs waren.

Es lag nahe, eine Probe davon zur Erde zu bringen, um sie gründlich untersuchen zu können. Doch die Marsproteine, so viel hatten schon die ersten Analysen gezeigt, waren für das hiesige Leben eine potenzielle, völlig unkalkulierbare Bedrohung, ein Transport zur Erdoberfläche nicht zu verantworten.

Die Internationale Raumstation dagegen bot hervorragende Möglichkeiten für genauere Untersuchungen in sicherem Abstand von der irdischen Biosphäre. Nur war deren Stilllegung im Jahr 2024 beschlossene Sache – dem Jahr, in dem eine Probenrückholmission frühestens starten konnte.

Angesichts der Bedeutung der Entdeckung hatten sich die übrigen Partner der Raumstation dem Wunsch der Europäer nach einer Verlängerung des Betriebs um weitere vier Jahre nicht verschließen können. Auch die Amerikaner hatten zugestimmt, obwohl sie mit der „Bonusrunde" im All zunächst nicht viel anzufangen wussten. Die einstige Führungsmacht war innerlich zerrissen, hatte mit ihrem weltpolitischen Bedeutungsverlust zu kämpfen und suchte nach neuen Orientierungen. Große, langfristig angelegte Projekte hatten es da besonders schwer.

Auch die Raumfahrt litt seit Jahren unter unsicheren Budgetplanungen, die immer wieder revidiert wurden und schließlich zu technischen Rückschlägen führten. Vor allem die Explosion der neu entwickelten Trägerrakete hatte die Pläne für bemannte Missionen auf unbestimmte Zeit zurückgeworfen.

In diesem Klima der Verunsicherung war die Idee, das Forschungsprogramm auf der Internationalen Raumstation zum Thema einer groß angelegten Volksabstimmung zu machen, auf fruchtbaren Boden gefallen. Die Diskussionen darüber, wie die vier zusätzlichen Jahre in dem orbitalen Forschungskomplex genutzt werden sollten, hatten gleich nach der eher widerwillig getroffenen Entscheidung der NASA für eine weitere Verlängerung eingesetzt.

Rasch hatte sich eine breite öffentliche Debatte entwickelt, bei der weniger technische Detailfragen im Mittelpunkt gestanden hatten, sondern der Weltraum zur Projektionsfläche für gesellschaftliche Fragen und grundsätzliche Überlegungen zur zivilisatorischen Entwicklung geworden war.

Was wollen wir im All? Wozu der Aufwand, wenn wir dort doch wieder nur weitermachen wie hier unten auf der Erde? Ist das Ganze nicht ein aussichtsloser Versuch, vor uns selbst davonzulaufen? Solche Fragen wurden seit einigen Jahren leidenschaftlich diskutiert, aber auch mit großem Ernst, wie Nick bei vielen Vortragsveranstaltungen immer wieder erlebt hatte.

Die Archivprojekte hatten sich in der Debatte sehr gut behaupten können. Sie verknüpften auf überzeugende Weise Vergangenheit und Zukunft der Menschheit und schafften dadurch einen Rahmen, in dem große geschichtliche und philosophische Fragen ebenso erörtert werden konnten wie konkrete Probleme bei der technischen Umsetzung der Idee.

Eher geisteswissenschaftlich orientierte Menschen, die bevorzugt in Geschichten dachten, konnten sich daher ebenso einbringen wie Ingenieure, Naturwissenschaftler oder Ökonomen, die sich eher an Zahlen und Tabellen orientierten. Die Idee eines Menschheitsarchivs hatte Personengruppen zusammengebracht, die sonst kaum miteinander geredet hatten und so eine integrative Kraft entwickelt, die in dieser Zeit der kulturellen Zersplitterung von vielen als sehr wohltuend erlebt worden war.

Allen Beteiligten war klar gewesen, dass eine gewaltige Aufgabe vor ihnen lag, die nur in einer gemeinsamen Anstrengung bewältigt werden konnte. Wie sollten sich die geschichtlichen Erfahrungen zu Krieg und Frieden, Freiheit und Herrschaft, Ideal und Wirklichkeit, die doch so vielfältig und kontrovers gesehen werden konnten, in einem Archiv zusammenfassen lassen?

Und selbst wenn das gelänge, wie sollten diese Erkenntnisse dauerhaft und zuverlässig über viele tausend oder gar Millionen Jahre gespeichert werden? Wie sollte ein der irdischen Sprachen Unkundiger diese Informationen nutzen können?

Jetzt zahlte sich aus, dass die Befürworter eines Menschheitsarchivs in früheren Jahren gut gearbeitet hatten und exzellent vorbereitet waren, um zügig einen überzeugenden Vorschlag vorzulegen, wie die vier zusätzlichen Jahre auf der Raumstation zumindest die technische Realisierung der Idee voranbringen konnten.

So hatte Nicks Kollege Steve Bonham bereits vor über zwei Jahren Materialproben auf der externen Forschungsplattform des japanischen Moduls Kibõ installieren können. Nicks Aufgabe war es jetzt, die Experimentalphase zu beenden und die Proben zur Erde zu bringen. Dort wollten sich Forscher dann genau ansehen, wie sich die verschiedenen Datenspeicher unter Weltraumbedingungen, insbesondere bei erhöhter Strahlungsbelastung, verändert hatten.

Seine Vorträge über diese Mission begann Nick häufig mit einer Frage ans Publikum, wobei er sich bemühte, sie möglichst mehrdeutig klingen zu lassen: „Eine Botschaft, die vielleicht erst in Millionen Jahren entdeckt wird. Woraus soll die eigentlich bestehen?"

An den Reaktionen seiner Zuhörer konnte er oft erkennen, ob sie sich mehr für den Inhalt der Mitteilung interessierten oder auch für das Material, mit dem sie gespeichert würde. Manchmal hatte schon hier jemand die provokative Frage gestellt, ob die Menschheit es denn überhaupt wert sei, dass das Universum sich an sie erinnere.

„Was wir bisher vollbracht haben, erfüllt mich nicht gerade mit Stolz", hatte einer einmal gesagt. „Sollten wir darüber nicht lieber den Mantel des Schweigens ausbreiten?"

Nick konnte sich noch gut daran erinnern. Der Hörsaal an der University of Illinois in Urbana-Champaign, der amerikanischen Universitätsstadt, war brechend voll gewesen, einige hatten auf den Treppenstufen gesessen, andere stehen müssen. Trotz der Fülle hatte eine konzentrierte Stille geherrscht.

„Stolz ist bei mir auch nicht gerade die vorrangige Empfindung, wenn ich die bisherige Menschheitsgeschichte betrachte", hatte Nick eingeräumt, um gleich darauf hinzuzufügen: „Aber ist es dann nicht umso wichtiger, etwas zu hinterlassen? Wenn wir solchen Mist gebaut haben, sollten wir andere vielleicht besser davor warnen, die gleichen Fehler zu begehen."

Er hatte seine Zuhörer aufgefordert, sich ein irdisches Raumschiff vorzustellen, das in einem anderen Sternensystem die Botschaft einer untergegangenen Zivilisation findet.

„Würden wir das nicht als großen Schatz betrachten und den Schöpfern dieser Botschaft dankbar sein? Betrachten Sie das Menschheitsarchiv als Geschenk an mögliche zukünftige Besucher. Ob es ein schönes Geschenk ist, darüber lässt sich streiten und das wollen wir heute Abend ausgiebig tun. Aber ich glaube, niemand zweifelt daran, dass es sehr wertvoll ist."

Er hatte ins Publikum geschaut. „Ein wertvolles Geschenk sollten wir gut verpacken. Meine Forschungen auf der Raumstation sollen helfen, die beste Verpackung zu finden."

Eine kleinere Etappe auf diesem Weg war jetzt gerade bewältigt worden. Der Roboterarm hatte seine Arbeit getan und die Materialproben in den Transportbehälter bewegt, sodass sie durch die Luftschleuse von Kibō wieder hereingeholt und für den Rücktransport weiter vorbereitet werden konnten. Das waren zum einen drei kleine Speicher aus Wolfram, geschützt durch unterschiedlich gefertigte Schichten aus Siliziumnitrit, die auf einem Gestell montiert waren. Sie sollten theoretisch eine Million Jahre halten, das ließen Laborexperimente vermuten, bei denen die Veränderungen in der atomaren Struktur bei verschiedenen Temperaturen beobachtet worden waren.

Etwas größer und schwerer waren zwei Speicher aus Quartzglas, in die mit einem Laser Texte eingraviert worden waren. Wenn seine Zuhörer sich für technische Details interessierten, konnte Nick an dieser Stelle auf die wunderbaren Eigenschaften dieses Materials eingehen.

Quartz bestand aus reinem Siliziumdioxid, war gleichermaßen unempfindlich gegenüber Temperaturschwankungen wie auch vielen Chemikalien und vereinte ein hohes Elastizitätsmodul mit hohem Härtegrad. Die hoch entwickelten Verfahren zur Mikrobearbeitung dieses Materials konnte er mit eindrucksvollen Bildern illustrieren.

Die größte Verblüffung erzielte er aber bei seinen Vorträgen regelmäßig, wenn er danach auf die DNA zu sprechen kam. Wenn es um Stabilität über Millionen Jahre ging, war die Verwendung biologischer Substanzen, bei deren Zersetzung man ja fast zusehen konnte, nicht gerade ein naheliegender Gedanke. Die Überraschung seiner Zuhörer ging aber meistens rasch in einen Aha-Effekt über. Natürlich, das

Trägermolekül der biologischen Erbinformation hatte sich schließlich seit mittlerweise fast vier Milliarden Jahren bewährt, indem es die Evolution des Lebens ermöglicht hatte.

„Auf der Erde", ergänzte Nick an dieser Stelle gerne. „Anderswo womöglich noch länger. Das Planetensystem von Kepler-444 zum Beispiel ist über zehn Milliarden Jahre alt. Allerdings auch 116 Lichtjahre von uns entfernt. Ob es dort Leben gibt, ob es auf DNA basiert, können wir über diese Distanz noch nicht feststellen. Aber ich halte es für wahrscheinlich. Wenn es um lange Zeiträume geht, ist die Desoxyribonukleinsäure als Speichermedium jedenfalls unübertroffen. Niemand, der über Langzeitarchive nachdenkt, kann das ignorieren."

Viele Initiativen hatten denn auch schon frühzeitig darauf gesetzt. „Lunar Mission One" etwa kämpfte seit über zehn Jahren dafür, am Südpol des Mondes unter anderem menschliche Haare zu deponieren. Damit allein wären schon wichtige biologische Informationen über die Menschen gesichert. Darüber hinaus gab es inzwischen aber auch vermehrt Bestrebungen, DNA-Moleküle gezielt zu erzeugen, um darin zusätzliche Informationen zu kodieren.

Elektronisch oder biochemisch gespeicherte Informationen brauchten jedoch eine Anleitung zu ihrer Entschlüsselung, die ohne Hilfsmittel zugänglich sein sollte. An dieser Stelle kam das gute alte Papier ins Spiel und sorgte bei Nicks Vorträgen ebenfalls oft zunächst für Irritationen. Ein so archaisches Medium passte nicht in die Hightech-Umgebung der Raumstation. Dabei war es nach wie vor einer der dauerhaftesten und zuverlässigsten Informationsspeicher, über den die Menschheit verfügte. Geschriebene Texte ließen sich ohne weitere Hilfsmittel lesen und hatten auf Papier und Pergament schon Jahrtausende überdauert. Das Papier musste dafür allerdings sorgfältig gefertigt sein und schonend gelagert werden. Ob es auch zehntausend Jahre und länger halten würde, war dagegen fraglich.

Zu den Proben, die Nick gerade geborgen hatte, gehörten daher auch einige Seiten Papier, die mit verschiedenen Tinten beschrieben und bedruckt worden waren. Größere Hoffnungen lagen jedoch auf einem kleinen, modernen „Rosettastein", der ebenfalls den Weltraumbedingungen ausgesetzt worden war.

Die runde Scheibe, die gut in eine menschliche Hand passte, war vor über zwanzig Jahren von der Long Now Foundation für langfristiges Denken entwickelt worden, inspiriert vom Original-Rosettastein, mit dessen Hilfe einst die ägyptischen Hieroglyphen entschlüsselt werden konnten, weil der gleiche Text in drei Sprachen eingraviert war. Die moderne Version enthielt jetzt über 13000 Seiten mit Informationen über mehr als 1500 menschliche Sprachen, außerdem alle bekannten Sprachversionen der biblischen Schöpfungsgeschichte, eingeritzt in reines Silizium, beschichtet mit Nickel.

Mit bloßem Auge ließ sich da zwar nicht viel entziffern. „Ein optisches Mikroskop mit 750-facher Vergrößerung", hatte Nick versprochen, „reicht aber als Lesehilfe."

Man durfte wohl davon ausgehen, dass jemand, der in der Lage war, auf dem Mond zu landen und das Archiv zu finden, über solche Hilfsmittel verfügte.

Zudem war auch ohne zusätzliche Hilfsmittel zu erkennen, dass die Scheibe eine Botschaft enthielt: Auf einer Seite waren Textanfänge in mehreren Sprachen für das bloße Auge lesbar aufgetragen, die sich spiralförmig zum Zentrum hin fortsetzten und dabei immer kleiner wurden.

„Die Lebensdauer dieser Scheibe wird von den Herstellern auf mindestens zehntausend Jahre veranschlagt", hatte Nick gesagt und damit das Ende seines Vortrags erreicht.

„Zukünftige Generationen oder Besucher aus dem All werden sie vielleicht als wertvolles Hilfsmittel zur Entschlüsselung unserer Botschaften aus der Vergangenheit zu schätzen wissen."

An dieser Stelle machte er meistens eine Pause und ließ den Blick über sein Publikum schweifen.

„Es gibt also durchaus einige vielversprechende Ansätze zur Langzeitspeicherung von Informationen. Ich hoffe, das ist deutlich geworden. Falls etwas unklar geblieben ist, fragen Sie bitte. Eine Frage, die ich Ihnen nicht beantworten kann, ist allerdings die nach dem Inhalt unserer Botschaft. Was wollen wir der Zukunft mitteilen? Das würde ich gern von Ihnen erfahren."

Danach folgten meist lebhafte Diskussionen, die sich völlig unterschiedlich entwickeln konnten, an denen sich aber immer viele Zuschauer beteiligten und die sehr offen ausgetragen wurden. Da konnte es um die aktuelle weltpolitische Lage ebenso gehen wie um antike Geschichte, Visionen zukünftiger Weltraumsiedlungen oder technische Detailfragen.

Die Idee eines Weltraumarchivs hatte offensichtlich einen Nerv getroffen. Sie war zu einem Kristallisationspunkt geworden, in dem sich viele aktuelle Probleme brachen und aus neuen Perspektiven betrachtet werden konnten. Etablierte politische Konfrontationslinien spielten dabei kaum eine Rolle, sie wurden unterlaufen. Man war sich nicht immer einig, aber man hörte einander aufmerksam zu und respektierte sich. Allein diese neue Gesprächskultur empfand Nick schon als großen Gewinn des Projekts, noch bevor er überhaupt ins All gestartet war.

In Urbana-Champaign hatte sich die Diskussion im Anschluss an seinen Vortrag ausführlich mit dem Umfang der Botschaft beschäftigt. Dabei war es zunächst um die Kapazitäten der verschiedenen Speicherverfahren gegangen, die nach oben eine Grenze setzten. Richtig spannend aber wurde es, als jemand die Frage nach einer Mindestgröße aufgeworfen hatte, unterhalb derer ein Archiv keinen Sinn ergeben würde. Man könne doch nicht die Menschheitsgeschichte in zehn Sätzen erzählen, hatten die einen gemeint. Warum nicht, hatten andere eingewandt. Selbst ein Satz sei doch besser als gar nichts.

Es ging dann eine Weile darum, wie der Umfang des Wissens das Wissen selbst beeinflusste, wie es strukturiert und wie oft es aktualisiert werden musste. Sollte das Archiv auf dem Mond gepflegt und mit der Zeit verändert und erweitert oder einfach nur dort abgelegt werden?

Schließlich hatte jemand den Vorschlag gemacht, statt über ein irgendwo hinterlegtes Archiv über eine Botschaft nachzudenken, die ausgestrahlt würde und als elektromagnetisches Signal Kunde von der menschlichen Zivilisation gäbe. Es war, als hätte er den Kristall ein wenig gedreht, sodass sich die Antwort auf einmal ganz klar in ihm spiegelte: Natürlich war selbst eine Botschaft, die nichts weiter verkündete, als dass es die Menschheit gab, es wert, ausgestrahlt zu werden. Wenn dann noch mehr hinzu kam, umso besser.

Aber allein die Gewissheit, dass noch andere technologische, zur interstellaren Kommunikation bereite Zivilisationen existierten, musste für alle intelligenten Lebewesen im All, die wie die Menschen auf der Erde die Sterne beobachteten, von großer Bedeutung sein.

Damit war eine Frage beantwortet, aber zugleich viele neue aufgeworfen worden. Wie sollten wir uns den Empfängern unserer Botschaft verständlich machen? Welchen Sinn hatte ein Dialog, bei dem zwischen dem Senden einer Nachricht und dem Empfang der Antwort mehrere Jahrzehnte oder sogar Jahrhunderte vergingen?

Die Teilnehmer waren sehr bewegt gewesen und hätten womöglich noch stundenlang weiter diskutiert, wenn der Gastgeber, Professor Campbell, nicht eingeschritten wäre und die Veranstaltung beendet hätte. Viele waren hinterher noch mit ins nahe gelegene Lokal gekommen, wo sie sich an mehreren Tischen verteilt hatten. Als Nick sich nach zwei Gläsern Bier in sein Hotel zurückgezogen hatte, waren die Räume immer noch von der Energie der Menschen erfüllt gewesen.

Inzwischen hatte der Transportbehälter mit den Materialproben die Luftschleuse passiert und war sicher im Innern der Raumstation angekommen. Eine weitere Etappe war geschafft, eigentlich ein guter Anlass für eine Pause und ein frisch gezapftes Bier, dachte Nick. Doch das musste warten, bis er zur Erde zurückgekehrt war. Abgesehen davon, dass alkoholische Getränke auf der Raumstation natürlich streng verboten waren: Wie hätte man in der Schwerelosigkeit das Bier überhaupt ordentlich einschenken können? Wie sollte sich hier eine schöne Schaumkrone bilden?

Eines Tages, davon war Nick überzeugt, würde es Weltraumhotels geben, die um eine Zentralachse rotierten und dadurch an den Außenwänden eine künstliche Schwerkraft erzeugten. Dort würden die Hotelgäste aus richtigen Gläsern trinken, während sie vielleicht auf ihren Anschlussflug warteten oder einfach nur für ein paar Tage die Aussicht auf die Erde genossen. Er war sich nur nicht sicher, ob er mit seinen 46 Jahren jung genug war, um das selbst noch erleben zu können.

4

Der Pazifik, größter Ozean der Erde, die ultimative Herausforderung für jeden Wassersportler. Mark durchquerte die riesige Wasserfläche zwischen Asien und Amerika diagonal, kraulte an Neuseeland vorbei und erreichte eine halbe Stunde später den Panamakanal. Die gut 80 Kilometer lange Wasserstraße war eine Sache von wenigen Sekunden. Nun lag der Atlantik vor ihm.

Mark war ein guter Schwimmer und hatte als junger Mann bei Wettbewerben häufig vordere Plätze belegt, gerade auf Langstrecken. Aber dass er eines Tages in fantastischen Rekordzeiten durch ganze Ozeane schwimmen würde, hätte er sich damals gewiss nicht träumen lassen.

Wie eine Rüstung hatte er sich das Exoskelett umgeschnallt, das nun den Widerstand simulierte, den er beim Schwimmen mit Armen und Beinen überwinden musste. Das funktionierte erstaunlich gut. Zwar vermisste er den Druck des Wassers, wenn es über seinen Körper strömte, ebenso wie das Rauschen. Aber die Muskelbelastung stimmte und er konnte mühelos zwischen verschiedenen Schwimmstilen wechseln, ohne dass eine Neuprogrammierung nötig gewesen wäre. Wenn er wollte, konnte er sich sogar auf den Rücken drehen oder kurz abtauchen.

„Sport muss Spaß bringen", hatte seine Fitnesstrainerin Klara bei der Vorbereitung auf die Mission immer wieder betont. Nur, wie sollte das gehen in einer gerade mal vier Meter weiten Röhre mit künstlich aufbereiteter Luft, in der ständig irgendwelche Geräte surrten, rauschten und piepten?

Viele Astronauten absolvierten das tägliche mehrstündige Bewegungsprogramm daher zumeist als reine Pflichtübung, ein Gebot der Vernunft, um den Verlust an Muskelmasse und

Knochensubstanz durch die Schwerelosigkeit möglichst gering zu halten.

„Besser als gar nichts", sagte Klara dazu, „aber da ist noch viel Luft nach oben."

Einmal hatte sie ein Tierexperiment erwähnt: Mäuse, die frei nach Lust und Laune ihr Laufrad besteigen konnten, erzielten demnach höhere Leistungssteigerungen, als wenn sie das gleiche Laufpensum nach vorgegebenen Zeiten absolvierten. Als Mark sich daran erinnerte, schmunzelte er. Jetzt war er die Maus. Mit einem Luxuslaufrad.

Um die Enge der Raumstation zu überwinden, setzten Astronautentrainer auf virtuelle Umgebungen. Auf dem Fahrradtrainer hatten sie sich schon bewährt. Datenbrillen und Kopfhörer versetzten die Astronauten in hügelige Landschaften oder machten sie zu Piloten pedalgetriebener Flugzeuge, die sich Verfolgungsjagden mit Vögeln oder Flugdrachen lieferten. Astronauten, die sich auf diese Weise fit hielten, hatten nach der Rückkehr zur Erde deutlich weniger Anpassungsprobleme, als wenn sie beim Training ständig in die Röhre schauten.

Jetzt testete Mark erstmals ein Exoskelett, das den gesamten Körper umfasste und mit Motoren in den Gelenken seinen Bewegungen gezielt Widerstand entgegen setzte.

Er überquerte gerade das Karibische Meer und wechselte dabei vom Schwimmen zum Fliegen. Der Computer projizierte ihm weiterhin das Bild, das sich beim Blick von der Raumstation nach unten zur Erde bot.

Doch vor ihm erschien jetzt ein Albatros, der ihm den weiteren Weg wies. Und Mark selbst wuchsen virtuelle Flügel. Während er darauf achtete, möglichst konstanten Abstand zu dem Leitvogel zu halten und dessen Flugmanöver nachzumachen, musste er immer wieder auf Windböen reagieren. Er spürte sie nicht nur in den Armen, sondern im ganzen Körper. Mark machte sich eine gedankliche Notiz, wie gut die Motoren des Exoskeletts das Flugerlebnis simulierten. Dann ließ er sich ganz auf die Simulation ein und machte sich mit der neuen Umgebung vertraut.

Nach einer Weile wandelte sich der Albatross zu einer Wolke aus Spatzen, die in alle Richtungen davon flatterten. Mark ging in den Sturzflug über, tauchte steil in die Atmosphäre ein und fing sich dicht über der Wasseroberfläche ab. Das hatte er jedenfalls vor.

Doch hier unten war die Luft dichter, er hatte den Kraftaufwand unterschätzt, schaffte die Kurve nicht und stürzte in den Atlantik. Der Computer übernahm die Kontrolle, leitete ihn in einem eleganten Bogen durchs simulierte Wasser, schleuderte ihn wie einen fliegenden Fisch in die Luft, wo er sich wieder mit Flügelschlägen fortbewegen konnte.

Er steuerte auf eine mit Palmen bewachsene Insel zu, in deren Mitte ein Vulkan aufragte. Als er den Waldrand erreicht hatte, stiegen von dort große schwarze Viecher auf, zu schnell, um sie genauer zu erkennen. Sie flogen ihm in die Quere, versuchten ihn anzurempeln, wegzudrängen. Den meisten konnte er ausweichen, doch mit einigen stieß er zusammen *(mentale Notiz: ausgesprochen realistisch, tut fast weh)*.

Mark stieg höher und umrundete den Vulkan in einer Spirale. Mit langsamen, kräftigen Flügelschlägen näherte er sich dem Gipfel und drehte über dem Krater eine Runde, bevor er sich erneut senkrecht hinunter stürzte.

Unter dem Vulkan gelangte er in ein komplexes, düsteres Höhlensystem, in dem unvermittelt auftauchende Hindernisse und scharfe Kurven höchste Konzentration erforderten. Mark hielt sich ganz gut, aber gelegentlich kollidierte er doch mit einem hervorstehenden Felsen oder einem plötzlich auftauchenden Monster *(beobachten, ob sich Blut-*

ergüsse entwickeln). Es schien in den Höhlengängen immer enger zu werden, als er in einen großen Hohlraum gelangte, über sich ein blaues Licht. Die Krateröffnung.

An der Innenwand eine Spirale nach oben zu fliegen, erwies sich als anstrengender als zuvor außen. Die Luft war hier offenbar viel dünner. Mark musste kräftig mit den Flügeln schlagen, um Höhe zu gewinnen. Er drehte Runde um Runde, näherte sich nur langsam dem Kraterrand. Da war das Ziel, dort oben musste er hin. Marks Arme wurden müde, er atmete schwer. Komm schon, noch ein paar Meter, dachte er.

„Hier ist Klara. Mark, hörst du mich?"

Gleich. Gleich war es geschafft. Noch ein Flügelschlag. Und noch einer.

„Hier ist Klara, EAC, Köln, für Mark. Melde dich bitte."

Er war draußen, ging an der Außenwand des Vulkans in den Gleitflug über.

„Hallo Klara", sagte er keuchend. Der Berg löste sich auf, mitsamt der Insel, Mark sah wieder hinunter auf die Erde. Sie überquerten gerade Europa.

„Hier kommt ... dein Albatross."

„Alles in Ordnung mit dir?"

„Ja." Er holte tief Luft. „Keine Sorge." Sein Atem beruhigte sich. „Der Flugsimulator ist genial. Ein absoluter Wahnsinn!"

„Hast du gerade noch trainiert? Wir waren verabredet." Ihr Zeitfenster für das heutige Gespräch war auf fünfzehn Minuten beschränkt, die Marks Trainerin nicht mit Sprüchen vergeuden wollte.

„Ich habe pünktlich begonnen, bin dann aber länger geschwommen als geplant", sagte er. „Wir waren schon ein ganzes Stück durch den Pazifik und ich dachte: Die Chance bekommst du nie wieder. Einmal durch den Ozean schwimmen. Jetzt oder nie."

„Dann kann die Simulation ja nicht so schlecht sein." Klara klang gleich wieder versöhnt.

Wenn Mark das Training so viel Freude bereitete, dass er Gesprächstermine verpasste, waren sie auf dem richtigen Weg.

Außerdem war er sofort wieder bei der Sache.

„Nein, auf keinen Fall", stimmte er zu. „Sie ist hier oben in der Schwerelosigkeit auch noch einmal überzeugender als auf der Erde. Aber das Schwimmen vergleiche ich natürlich unwillkürlich mit der Realität. Ich weiß, wie es sich eigentlich anfühlen müsste. Beim Fliegen fehlt mir der Vergleich. Da kann ich die Simulation leichter akzeptieren."

„Das haben wir ja auch so erwartet. Die Muskelbelastung hat sich in der Schwerelosigkeit bei beiden Trainingsprogrammen auf ähnliche Weise geändert, beim Flugtraining allerdings deutlicher. Wir brauchen noch eine Weile, um die Daten genauer auszuwerten. Aber ich denke, wir können jetzt damit beginnen, andere Flüssigkeiten zu simulieren. Was meinst du?"

„Auf jeden Fall. Lass uns wie geplant weitermachen. Ich glaube, ihr seid gerade dabei, die Raumfahrt zu revolutionieren."

„Klingt so, als wärest du noch im Endorphinrausch." Klara bemühte sich um einen nüchternen Tonfall, aber es gelang ihr nicht ganz. „Komm mal wieder runter."

Mark wusste, wie viel Klara diese Experimente bedeuteten. Viele Jahre Forschung und Entwicklung waren in das Exoskelett geflossen, das jetzt seine Weltraumpremiere erlebte.

„Wenn's recht ist, bleib ich noch ein wenig hier oben", entgegnete er.

Er befand sich noch immer im Trainingsmodus, schien im Segelflug über Europa zu schweben und bewegte nur ab und zu seine virtuellen Flügel. „Und ich meine es völlig ernst. Das System ist sensationell. Es könnte Kubrick in einem weiteren Punkt widerlegen."

„Kubrick? Ich fürchte, ich kann dir nicht ganz folgen."

„Wir haben beim Frühstück vorhin über ‚Odyssee im Weltraum' gesprochen und was sich seitdem verändert hat. Juri meinte, dass man die Szene am Anfang, als ein Affe zum Menschen wird, indem er einen Knochen als Keule verwendet, heute anders drehen müsste. Das müsste eigentlich ein brennender Ast sein, sagt Juri."

„Und?"

„Ich hab an das Raumschiff gedacht, das in dem Film später zum Jupiter unterwegs ist. Bei Kubrick fliegen die Menschen in einer sich drehenden Kugel durchs All, um Schwerkraft zu erzeugen. Aber die Astronauten der Zukunft werden Exoskelette tragen, integriert in die Kleidung, die ständig ihre Muskeln stimulieren. Beim ersten Flug zum Mars wird euer System mit an Bord sein, das verspreche ich dir."

Klaras Antwort kam etwas verzögert. Offenbar war es Mark gelungen, sie für eine halbe Sekunde träumen zu lassen, bevor sie wieder auf die gegenwärtigen Aufgaben zu sprechen kam.

„Schön und gut", sagte sie. „Aber dafür müssen wir noch Einiges tun. Ab morgen also die Trainingseinheit mit wechselnden Flüssigkeiten. Da dürfte der Vergleich mit realem Schwimmen nicht mehr so nahe liegen. Oder bist du schon mal durch Sirup oder Öl geschwommen?"

„Nein, zum Glück nicht. Klingt anstrengend und unappetitlich."

„Alles geruchs- und geschmacksneutral. Außerdem sind auch dünnere Flüssigkeiten dabei. Du wirst in den Methanseen des Titan baden und unter das Eis von Europa und Ganymed tauchen. Die Programmierer haben sich für dich mächtig ins Zeug gelegt. Lass dich überraschen."

Das Schwimmtraining in unterschiedlich zähflüssigen Umgebungen hatte Mark natürlich schon am Boden erprobt. Aber das Team im Astronautenzentrum arbeitete ständig daran, neue und abwechslungsreiche Welten zu konstruieren, in die er eintauchen konnte. Es gehörte zum Forschungsprogramm, ihn mit Situationen zu konfrontieren, die er noch nicht kannte, etwa mit Tauchgängen unter der dicken Eisdecke eines Mondes von Jupiter oder Saturn. Niemand wusste, was sich in dem Wasser verbarg und ob sich dort womöglich Lebewesen tummelten.

Roboter, die sich durch das Eis schmelzen und die subglazialen Ozeane direkt untersuchen sollten, hatten sich bei ersten Tests auf irdischen Gletschern schon bewährt. Doch es würde noch Jahrzehnte dauern, bis sie tatsächlich zum Jupiter fliegen würden. Bis dahin konnten die Designer der virtuellen Welten ihrer Fantasie freien Lauf lassen.

„Muss ich mich auf Attacken außerirdischer Haie einstellen?“, fragte Mark.

„Lass dich überraschen“, wiederholte Klara nur.

„Du machst mich neugierig“, sagte er. „Ich würde am liebsten sofort mit dem Training weitermachen. Aber in neunzig Minuten wartet eine Schulklasse auf mich. Und bis dahin muss ich noch ein wenig n-Pentan verbrennen, statt darin zu schwimmen.“

Sie besprachen noch kurz den Trainingsplan für die nächsten Tage. Dann verabschiedeten sie sich und beendeten die Verbindung. Mark deaktivierte das Trainingssystem, nahm die Datenbrille ab und begann, das Exoskelett abzulegen.

Wie eine mittelalterliche Ritterrüstung bestand es aus mehreren Teilen für Brust, Arme und Beine, die voneinander gelöst und nacheinander ausgezogen werden mussten. Dabei musste er sorgfältig und vorsichtig vorgehen, um die Gelenkverbindungen und Motoren nicht zu beschädigen.

Reparaturen waren an Bord der Raumstation nur begrenzt möglich und kosteten wertvolle Zeit.

Zwar war diese Version schon deutlich robuster als die früheren. Aber es war eben immer noch ein experimentelles System. Ein wirklich weltraumtauglicher, aktiver Bordanzug, der eines Tages Menschen auf dem Weg zum Mars oder anderen längeren Reisen unterstützen könnte, sollte erst noch daraus hervorgehen. Aber es würde gelingen, davon war Mark überzeugt. Die Sportwissenschaftler in Köln waren auf dem richtigen Weg.

Immerhin ging das Ablegen des kosmischen Trainingsanzugs schneller als das Anziehen. Bis alles richtig am Körper befestigt war, die einzelnen Elemente miteinander verbunden und das System kalibriert war, verging bis zu einer halben Stunde. Jetzt hatte er das Exoskelett schon nach siebzehn Minuten von seinem Körper gelöst, die Akkus an die Ladestation angeschlossen und die übrigen Teile sorgfältig verstaut.

Wie das Packen des Koffers für die Heimreise am Ende eines Urlaubs, dachte Mark. Das fiel ihm auch immer viel leichter als beim Aufbruch. Es gab kein Nachdenken mehr, was er mitnehmen sollte und was nicht. Es musste nur alles irgendwie hinein – kam ja auch nicht mehr darauf an, schließlich wurde die Kleidung zuhause ohnehin erst einmal in die Waschmaschine gesteckt.

Koffer packen, Wäsche waschen. Das war alles so weit weg. Dabei war er noch keine zwei Monate an Bord und die Erde gerade mal 400 Kilometer entfernt, fast so weit wie Köln von Hamburg. Dennoch war das hier eine völlig andere Welt.

Hier wurde keine Wäsche gewaschen, dazu war das Wasser viel zu kostbar. Ihre Unterwäsche trugen die Astronauten drei bis vier Tage, die T-Shirts bis zu vier Wochen, dann wurden sie weggeworfen. Gebrauchte Kleidung gehörte zu den Dingen, mit denen die Versorgungsraumschiffe nach der Entladung wieder befüllt wurden, bevor sie von der Station abkoppelten und in der Atmosphäre verglühten.

Es hatte Experimente mit biologisch abbaubarer Unterwäsche gegeben, die sich als ganz brauchbarer Pflanzendünger erwies. Es gab auch Ideen, die Kleidung mithilfe von Bakterien zu zersetzen und daraus Methan für die Energieversorgung zu gewinnen. Aber das waren Konzepte für die nächste Generation von Raumstationen oder für Langzeitmissionen zum Mars und anderen Planeten.

Wie das Exoskelett. Raumfahrer der Zukunft würden es gewiss eines Tages so selbstverständlich tragen wie einen Overall. Es könnte zu einer intelligenten Roboterhaut werden, die sich selbstständig ihrem Träger anpasste, mit ihm sprechen konnte und ihn in der Schwerelosigkeit ebenso unterstützte wie auf Planeten. Mark befestigte das letzte Modul der aktuellen Version, prüfte noch einmal, ob es ausreichend gesichert war. Ob er noch erleben würde, wie Menschen so ausgestattet zum Mars flogen?

Gegenwärtig sah es nicht danach aus. Für einen so großen Sprung hätten sich viele, eigentlich sogar alle Nationen zusammentun müssen. Stattdessen versuchte jede, ihr eigenes Süppchen zu kochen. Dreißig Jahre lang hatten sie gemeinsam diese Raumstation aufgebaut und betrieben, hatten ein fantastisches Laboratorium im Orbit eingerichtet, größer und leistungsfähiger als alles, was ein einzelnes Land schaffen konnte. Dieser Forschungskomplex im All war der sichtbare Beweis, dass sich mit Kooperation mehr erreichen ließ als mit Konfrontation. Sichtbar mit bloßen Augen für alle Menschen, jedenfalls alle, die zwischen den Polarkreisen lebten.

Dennoch hatten sich die Partner nicht auf eine Fortsetzung der Zusammenarbeit verständigen können. In Zukunft würde es wohl keine neue Internationale Raumstation mehr geben, sondern mehrere nationale Vorposten im All. Die Chinesen, die von den USA aus dem gemeinsamen Projekt herausgehalten worden waren, hatten ohnehin ihren eigenen Weg verfolgt und bereits vor einigen Jahren mit dem Aufbau ihrer Station begonnen. Die Amerikaner waren entschlossen, es ihnen gleichzutun, stritten aber noch um die Details und hatten bisher noch nichts in die Umlaufbahn gebracht. Die Russen hatten die letzten Module, die sie der Internationalen Raumstation hinzugefügt hatten, von vornherein so gestaltet, dass sie als Bausteine eines eigenen zukünftigen Orbitalkomplexes dienen konnten.

Es war Juris Aufgabe, ihre Abtrennung und den Transport in den neuen Orbit vorzubereiten. Das Treibhausmodul sollte morgen den Anfang machen.

Mark konnte sich glücklich schätzen, dass er hier war. Es war vielleicht auf lange Sicht die letzte Gelegenheit für einen Europäer, ins All zu fliegen. Auf der Internationalen Raumstation würde es jedenfalls nach ihnen keine weiteren Besuche mehr geben. Über bemannte Missionen zu anderen Zielen wurde zwar nach wie vor viel geredet und nachgedacht, doch solide Planungen oder gar Budgets gab es nicht.

Politiker sprachen von Raumfahrt gerne als einer „Zukunftstechnologie". Wenn Mark mit einem von ihnen auf einer Bühne stand, war er stets diszipliniert genug, zu solchen Äußerungen freundlich zu lächeln und nicht zu widersprechen. Es war eine Maske, die ihm zur Routine geworden war.

Tatsächlich war die Zukunft für Astronauten in Europa gerade so unklar wie nie zuvor. Noch bevor dieses Jahr zu Ende ging, würde das Leuchtfeuer der Völkerverständigung, das dreißig Jahre lang über den Abend- und Morgenhimmel gewandert war, erloschen sein.

5

Von ihrem Aussichtspunkt auf einem Felsen aus konnte Jaiya gut beobachten, wie sich die Schildkröte ihrem Fangnetz näherte. Das Wasser war hier völlig ruhig und klar, durch eine Landzunge abgeschirmt von der Brandung. Die Pflanzen und Kleintiere, die sich an dieser Stelle sammelten, zogen viele Fische und andere Meeresbewohner an, doch bisher hatten alle das Netz gemieden.

Diese Schildkröte jedoch überquerte gerade eine unsichtbare Linie. Behutsam zog Jaiya an den Schnüren, die mit dem unteren, mit Steinen beschwerten Ende des Netzes verbunden waren. Während die Schildkröte etwa eine Armlänge unter der Wasseroberfläche weiter auf die eng geflochtenen Maschen vor ihr zuschwamm, erhob sich hinter ihr ein Gitter aus Kokosfasern. Jaiya bewegte sich langsam, passte sich den Bewegungen der Kröte an, um sie nicht im letzten Moment zu verschrecken.

Es war ein großes Tier, der Rückenpanzer breiter als Jaiyas Unterarm lang und mit einem geheimnisvollen Muster schwarzer Linien auf der sandfarbenen Oberfläche. Der Kopf erinnerte an einen Raubvogel und Jaiya wusste, dass sie sich vor dem Schnabel in Acht nehmen musste. Auch die Bewegungen der Schildkröte glichen denen eines Vogels, elegant schwebte sie durchs Wasser, konnte mit ihren kleinen Flügeln aber ebenso rasch die Richtung ändern. Sie war nicht leicht zu fangen, sobald sie sich bedroht fühlte, war sie rasch auf und davon.

Doch Jaiya hatte das Netz inzwischen an allen Seiten so hoch gezogen, dass die Schildkröte nirgendwohin ausweichen konnte, als sie schließlich das Hindernis bemerkte. Während Jaiya vom Felsen herabstieg, zog sie ihre Beute im Wasser wie in einem Beutel hinter sich her.

An Land wurde der Transport dagegen beschwerlicher. Jaiya konnte ihren Fang ohne Hilfsmittel nicht allein ins Dorf tragen, aber das brauchte sie auch nicht. Schon bald kamen andere Männer und Frauen aus dem Dorf, die hier ihre Netze auswerfen oder mit Pfeil und Bogen Fische jagen wollten.

Jaiyas Fang wurde bestaunt und von allen als Ermutigung gesehen, dass die Geister des Meeres wohlwollend gestimmt waren. Lachend verteilten sie sich in der Bucht. Das war ein guter Tag.

6

Jahrtausendelang hatten Menschen darüber gerätselt, ob es auch auf anderen Planeten Lebewesen gab und ob sie den Menschen ähnlich oder völlig anders waren. Die Fragen hatten die Fantasie ungezählter Philosophen, Schriftsteller und Künstler beflügelt – bis auf dem Mars die ersten realen außerirdischen Lebensspuren gefunden wurden. Jetzt wurde rasch klar: Sie waren beides. Ähnlich und doch ganz anders.

War das wirklich erst sieben Jahre her? Suneetha kam es viel länger vor. So viel hatte sich seitdem ereignet, hatte ihr ganzes Leben umgekrempelt. Sie erinnerte sich noch gut an den Moment, als sie von der sensationellen Entdeckung erfahren hatte.

Damals war sie gerade in Birmingham gewesen, um im Rahmen einer Konferenz zu Künstlicher Intelligenz an einem Workshop über die Automatisierung chemischer Analyseverfahren teilzunehmen. Am Tag davor hatte sie sich im Hauptprogramm der Konferenz eine Sitzung zu neuen Lernverfahren ausgesucht, die interessant klang und von der sie sich Anregungen für ihre Arbeit als Biochemikerin versprochen hatte. Die Wahl hatte sich jedoch als Fehlgriff erwiesen. Die Referenten hatten mit Formeln und Fachbegriffen jongliert, die Suneetha nicht verstanden hatte.

Eher um die aufkeimende Verdauungsmüdigkeit nach dem Mittagessen zu vertreiben als aus wirklicher Neugier hatte sie auf ihrem Computer ihre persönlichen Nachrichten durchgesehen – und war schlagartig hellwach geworden.

„ExoMars findet Lebensspuren", „Leben auf dem Mars nachgewiesen" – ihr Postfach war voll mit solchen Meldungen gewesen und während sie noch die ersten gelesen hatte, waren bereits neue hinzugekommen.

In der anschließenden Kaffeepause war die Entdeckung bereits das beherrschende Gesprächsthema gewesen. Immer wieder war Suneetha als Expertin für Proteinanalyse nach näheren Einzelheiten gefragt worden, die sie zu diesem Zeitpunkt selbst noch nicht gekannt hatte.

Am folgenden Tag hatte sie in ihrem mit Publikum überfüllten Workshop-Vortrag dann aber schon mehr Details präsentieren können, die sie über Nacht recherchiert hatte. Außerdem hatte sie einen ersten Plan skizziert, wie die Biomoleküle vom Mars auf der Internationalen Raumstation näher untersucht werden konnten.

Daran, dass sie selbst sieben Jahre später diese Untersuchungen durchführen würde, hatte sie in dem Moment überhaupt nicht gedacht. Sie war keine Astronautin und hatte einen solchen Karriereweg bis dahin nie ernsthaft in Erwägung gezogen. Als aber in den kommenden Jahren nach geeigneten Personen gesucht wurde, die auf der Raumstation die Analyse der Marsmoleküle leiten sollten, mochte ihr Vortrag in Birmingham dazu beigetragen haben, dass sie in die engere Wahl kam und schließlich das Rennen machte.

Als Suneetha jetzt den Verlauf des aktuellen Experiments überprüfte, war sie allerdings ratlos. Als selbstkritische Forscherin war sie stets bemüht, sich nicht zu vorschnellen Urteilen hinreißen zu lassen. Daher hielt sie einen Moment inne und versuchte, sich zu erinnern, ob jemals ein Kristallisierungsversuch so komplett gescheitert war wie dieser. Nein, so etwas hatte sie noch nie erlebt, weder auf der Erde noch im Weltraum.

Unwillkürlich schüttelte sie den Kopf. Es war eher die Andeutung eines Kopfschüttelns, eine sehr vorsichtige Bewegung, denn auch nach zwei Monaten in der Schwerelosigkeit, achtete sie immer noch darauf, ihren Gleichgewichtssinn nicht zu überfordern. Wer sie etwas besser kannte, hätte in dieser zarten Geste jedoch erkennen können, dass die stets so kontrolliert handelnde Frau innerlich sehr erregt sein musste.

Vor allem zwei Gründe hatten es nahegelegt, Proben vom Mars zunächst zur Raumstation zu bringen und sie dort zu untersuchen. Als Biochemikerin war das Suneetha sofort klar gewesen. In Birmingham hatte sie jedoch nicht zu Fachkollegen gesprochen, sondern überwiegend zu Informatikern und Ingenieuren, daher hatte sie mit ihren Erläuterungen etwas weiter ausgeholt.

„Was ExoMars mit dem Instrument MOMA, dem Mars Organic Molecule Analyser, identifiziert hat, sind offensichtlich Proteine“, hatte sie ihren Zuhörern erklärt. „Das sind komplexe Moleküle, die wiederum aus kleineren Bausteinen zusammengefügt sind, den Aminosäuren. Sie können sich aufgrund ihrer molekularen Struktur miteinander verbinden zu Ketten mit zwei oder auch mehreren tausend Elementen. Die meisten natürlich vorkommenden Proteine bestehen aber aus hundert bis dreihundert Aminosäuren. Sie sind die wichtigsten Baustoffe von Lebewesen, neben Wasser machen sie den größten Teil unseres Körpergewichts aus.“

Sie war einen Schritt zurückgetreten und hatte an sich herabgeschaut, um ihre Worte zu unterstreichen, dann ins Publikum. Für viele war diese Einführung wahrscheinlich ein alter Hut gewesen. Aber die Teilnehmer waren Wissenschaftler gewesen, selbst Vortragsprofis, die gewusst hatten, dass man lieber zu wenig Vorwissen bei seinen Zuhörern voraussetzen sollte als zu viel. Suneetha hatte keine Spur von Ungeduld gespürt.

„Proteine sind ungeheuer vielfältig", war sie fortgefahren. „Bei zwanzig verschiedenen Aminosäuren, die sich auf diese Weise verknüpfen lassen, sind die Kombinationsmöglichkeiten praktisch unbegrenzt. In der weltweiten Proteindatenbank sind mittlerweile die Strukturen von über zweihunderttausend Molekülen erfasst, jeden Tag kommen neue hinzu."

Auf der Leinwand war eine Animation erschienen, in der sich eine Papierseite Zeile für Zeile mit Symbolen füllte. Sie stellten die verschiedenen Aminosäuren dar.

„Bei der Analyse der Struktur geht es zunächst um die Ermittlung der Aminosäurensequenz, also der Reihenfolge, in der die einzelnen Bausteine angeordnet sind. Man könnte das mit Buchstaben vergleichen, die sich zu einem Text zusammenfügen. Doch so ein Vergleich würde in die Irre führen."

Jetzt war zu sehen gewesen, wie sich die Seite, während sie sich mit Text füllte, gleichzeitig, als würde sie von einer unsichtbaren Hand zerknüllt, zu einem unförmigen Gebilde zusammenfaltete.

„Denn jedes Proteinmolekül bildet eine einzigartige dreidimensionale Gestalt heraus, die letztlich entscheidend ist für seine Funktion im lebenden Organismus. Um diese räumliche Struktur bestimmen zu können, müssen wir von einem Protein zunächst Kristalle züchten. Und damit sind wir beim ersten Grund, die Marsproteine zur Raumstation zu bringen: Denn die Erzeugung von Proteinkristallen gelingt nirgendwo besser als in der Schwerelosigkeit."

Die Untersuchung der Proben, die mittlerweile seit knapp zwei Jahren auf der Raumstation durchgeführt wurde, hatte Suneethas damalige Einschätzung klar bestätigt. Bisher waren die Analysen recht zügig und ohne nennenswerte Zwischenfälle vorangekommen.

Das Protein D-Oxiaplanumase-88, das Suneetha jetzt Kopfzerbrechen bereitete, war das erste, bei dem es Probleme gab. Dabei schien es sich zunächst sogar besonders leicht kristallisieren zu lassen. Schon nach wenigen Stunden hatten sich Keime gebildet und waren bei der letzten Überprüfung bereits bis zu mehreren hundertstel Millimetern herangewachsen.

Doch davon war jetzt nichts mehr übrig. Im Mikroskop waren keinerlei Strukturen zu erkennen. Die Lösung wirkte völlig klar, als hätten sich die Moleküle wieder gleichmäßig verteilt. Oder war auch das Protein selbst zerstört worden? Suneetha gab eine Probe in den Chromatographen, um die Frage zu klären.

D-Oxiaplanumase-88 – der Name deutete auf die Herkunft des Moleküls. Es war das achtundachtzigste von mittlerweile rund vierhundert verschiedenen Proteinen, die in einem ehemaligen Flussbett der Tiefebene Oxia Planum auf der Marsnordhalbkugel identifiziert worden waren. Eine so große Zahl dieser organischen Makromoleküle wäre allein schon ein bedeutender Fund gewesen.

Die eigentliche Sensation aber war das „D" vor den Namen aller bislang genauer analysierten Proteine: Es bedeutete, dass sie ausschließlich aus rechtsseitigen Aminosäuren bestanden.

Das war der zweite – und wichtigere – Grund, die Analyse der Marsproteine zunächst auf der Raumstation durchzuführen.

„Wie einige von Ihnen sicherlich wissen", hatte Suneetha ihren Zuhörern in Birmingham erklärt, „sind Aminosäuren – und damit auch die daraus zusammengesetzten Proteine – sogenannte chirale Moleküle. Das heißt, sie können zwei räumliche Ausrichtungen annehmen, die sich spiegelbildlich zueinander verhalten – wie ein linker und ein rechter Handschuh. Der springende Punkt dabei ist folgender: Bei einer künstlichen Synthese im Labor entstehen immer gleiche Mengen beider Versionen. Dagegen kommen in der Natur nur linksseitige Aminosäuren vor."

Sie hatte einen Moment inne gehalten, als wäre ihr gerade etwas eingefallen.

„Ich muss mich korrigieren: in der irdischen Natur. Alle Lebewesen auf unserem Heimatplaneten erzeugen und verarbeiten nur linksseitige Aminosäuren. Die Marsproteine scheinen dagegen ausschließlich aus rechtsseitigen Aminosäuren aufgebaut zu sein. Das deutet zum einen auf einen biologischen Ursprung hin. Zum anderen ist es ein starkes Indiz dafür, dass das Leben auf dem Mars unabhängig von dem auf der Erde entstanden sein muss."

Suneetha hatte auch diese Worte einen Moment wirken lassen, ehe sie fortfuhr.

„Vor allem aber bedeutet es, dass wir die Erde vor diesen Molekülen schützen müssen. Bevor wir nicht mehr über sie wissen, dürfen wir nicht riskieren, sie hierher zu bringen. Die möglichen Auswirkungen auf das irdische Leben wären völlig unkalkulierbar."

Sie hatte dies am Beispiel des Schlafmittels Thalidomid illustriert, das Ende der 1950er-Jahre unter den Markennamen Contergan und Softenon verkauft worden war und insbesondere in Deutschland zu einer großen Zahl von Missbildungen bei Neugeborenen geführt hatte. Es hatte sich herausgestellt, dass dafür die linksseitige Version dieses chiralen Moleküls verantwortlich gewesen war, während die beruhigende Wirkung ausschließlich von der rechtsseitigen Version ausging.

„Sie sehen", hatte sie ihren Vortrag in Birmingham geschlossen, „wir müssen die Proteine vom Mars unbedingt genauer untersuchen, als es mit dem dortigen Rover möglich ist. Wir müssen aber auch extrem vorsichtig sein. Die einzige Möglichkeit, beiden Forderungen nachzukommen, scheint mir darin zu bestehen, Proben vom Mars zur Internationalen Raumstation zu bringen und sie dort genauer zu analysieren."

Suneethas Schlussfolgerungen, so einleuchtend sie auch waren, waren in der anschließenden Diskussion auf Kritik gestoßen. Vor allem die technische Durchführbarkeit war von mehreren Rednern angezweifelt worden. Schließlich war wenige Wochen zuvor erst das Ende der Raumstation beschlossen worden. Das Labor im Orbit würde also gar nicht mehr lange genug zur Verfügung stehen. Und selbst wenn sich der Betrieb noch um ein paar Jahre verlängern ließe, würde das wahrscheinlich immer noch nicht reichen, um eine so ehrgeizige Mission wie den Transport von Marsbodenproben zur Erde durchzuführen. Solche Vorstöße ins technologische Neuland brauchten üblicherweise von der Idee bis zum Abheben zehn Jahre und mehr.

Viele hatten die weitere Erforschung der Marsproteine daher zukünftigen Robotern überlassen wollen, ganz nach dem Motto: Wenn wir die Proben nicht ins Labor bekommen, bringen wir eben das Labor zu den Proben. Manche Workshopteilnehmer hatten hier vielleicht auch ein aussichtsreiches Feld für ihre eigenen Forschungen zu Künstlicher Intelligenz gesehen.

Tatsächlich verliefen Proteinanalysen zum Teil hochautomatisiert. Suneetha bezweifelte aber, dass sich die gesamte Arbeitskette von der Probengewinnung über die Reinigung,

Aufbereitung, Sequenzierung bis hin zur Kristallisierung und Strukturaufklärung in absehbarer Zeit komplett automatisieren ließ. Es sah so aus, als würde der Mars seine Geheimnisse noch für einige Jahrzehnte bewahren können.

Ein dreifaches Piepsen rief Suneetha in die Gegenwart zurück. Die Chromatographie war abgeschlossen. Die Probe enthielt weiterhin D-Oxiaplanumase-88, aber die Kristalle hatten sich offenbar komplett aufgelöst. Suneetha schrieb eine kurze Nachricht an das Forschungsteam und hängte die Analysedaten an. Dies war ein weiteres Geheimnis der Marsproteine, das gelüftet werden musste. Gut, dass es mit der Beschaffung der Proben dann doch schneller gegangen war als befürchtet.

In Birmingham hatte Suneetha nach ihrem Vortrag einen schottischen Informatiker kennengelernt. Angus Greenfield, ein charmanter Kauz, der sie mit seinem Humor nach der enttäuschenden Diskussion schnell wieder aufgemuntert hatte. Sie hatte zuerst Mühe gehabt, ihn zu verstehen, aber das war er offenbar gewohnt gewesen. Er hatte mit dem Scherz reagiert, dass die Schotten noch vor den Indern lägen, was die Eigenwilligkeit des Umgangs mit der englischen Sprache betraf.

„Damit beziehe ich mich auf viele Ihrer Kollegen, aber keinesfalls auf Sie“, hatte er sich beeilt hinzuzufügen. „Es war mir eine Freude, Ihnen zuzuhören.“

Tatsächlich war es ihm gelungen, seinen Akzent so weit zurückzudrängen, dass sie ihm besser hatte folgen können. Als er gemeint hatte, dass jetzt wohl der Sommer der Proteinkristalle bevorstehe, hatte sie ihn dennoch nur verständnislos ansehen können.

„Ach, der Ausdruck ist Ihnen wohl nicht vertraut?“, hatte er gefragt. „Entschuldigen Sie, das stammt aus der KI-Forschung. Sie hatten in Ihrem Vortrag erwähnt, dass die Züchtung von Proteinkristallen auf der Raumstation in Verruf geraten und daraufhin weniger gefördert worden wäre. Das hat es bei den Forschungen zur Künstlichen Intelligenz auch gegeben, sogar mehrmals. Wir sprechen bei einem solchen Rückgang der Fördermittel aufgrund enttäuschter Erwartungen von einem ‚KI-Winter'. Der fällt in der Regel umso strenger aus, je größer zuvor die Versprechungen der Wissenschaftler waren. Ich habe bei der Kristallisierung von Proteinen einen ähnlichen Mechanismus vermutet."

Suneetha hatte genickt.

„Ja, das ist gut möglich", hatte sie zugestimmt. „Wobei wohl niemand bezweifelt, dass sich in der Schwerelosigkeit größere und reinere Proteinkristalle erzeugen lassen als auf der Erde. Aber letztlich ist die Aufklärung der dreidimensionalen Struktur eines Proteins, so schwierig und kompliziert sie auch sein mag, selbst wieder nur ein Mosaikstein in äußerst komplexen und zeitaufwendigen Forschungen. Ich bezweifle, dass irgendein seriöser Wissenschaftler jemals ernsthaft daran geglaubt hat, auf der Raumstation mithilfe von Proteinkristallen rasch Heilmittel gegen Krebs, Aids oder andere schwere Erkrankungen finden zu können. Aber um die Geldgeber in Politik und Industrie von den Forschungen zu überzeugen, ist die Möglichkeit solcher Resultate vielleicht etwas zu plastisch ausgemalt worden."

„Da waren schlechte Grantologen am Werk", hatte Angus gesagt.

„Wie bitte?"

„Grantology", hatte er erklärt. „So nennen wir die Wissenschaft – oder ist es eine Kunst? – research grants zu verfassen, Anträge auf Forschungsgelder, die eine realistische Chance auf Bewilligung haben und die Balance halten zwischen dem, was die Leute in den Ausschüssen gerne lesen wollen, und den eigenen Forschungszielen."

Angesichts des enormen Arbeitsaufwands, den die Abfassung solcher Anträge erforderte, sei die Versuchung natürlich groß, sie auf die Erfordernisse der Bürokratie hin zu optimieren, mit den gerade gängigen Schlagworten und Versatzstücken zu füllen – und dabei die eigenen wissenschaftlichen Ansprüche aus den Augen zu verlieren.

„Immer gern gesehen bei den Gutachtern sind Ausblicke auf günstige wirtschaftliche Perspektiven. Forschungen, die erwarten lassen, schon bald in marktfähige Produkte zu münden, können stets auf wohlwollende Urteile zählen."

„Ja", hatte Suneetha erwidert, „da haben wohl einige in Grantology bewanderte Wissenschaftler den Mund mit Proteinkristallen zu voll genommen. Aber zum Glück sind die Forschungen nicht ganz eingestellt worden, sondern auf kleiner Flamme weitergelaufen, auch auf der Raumstation. Das hätte sich jetzt auszahlen können. Aber ich fürchte ..."

„Es wird sich auszahlen."

Angus hatte sich zum Buffet hinter ihm umgewandt und zwei Gläser mit Mineralwasser genommen. Eins hatte er Suneetha überreicht, dann sein Glas erhoben.

„Auf den heißen Sommer der Proteinkristalle. Ich bin überzeugt, er steht unmittelbar bevor."

Suneetha hatte gelächelt und ihm zugeprostet. Seine gute Laune hatte ansteckend gewirkt, wenn auch sein Optimismus sie nicht wirklich überzeugt hatte.

„Ich wünschte, Sie hätten recht."

Doch Angus hatte die Lage tatsächlich besser eingeschätzt als sie. Als gebürtiger Europäer hatte er vielleicht einfach ein sichereres Gespür für die Gemütslage auf dem Kontinent.

Es zeigte sich, dass der Nachweis außerirdischen Lebens durch eine europäisch geleitete Weltraummission nach all den Jahren des zähen Ringens um eine eigene Identität und die politische Einheit plötzlich und unverhofft einen Orientierungspunkt bot, auf den sich alle verständigen konnten. Mit einer Einigkeit, die bis dahin undenkbar erschienen war, wurde gefordert, die Untersuchung dieses außerordentlichen Fundes fortzusetzen.

Wenn es den Amerikanern damals gelungen sei, in weniger als zehn Jahren Menschen zum Mond zu fliegen, sollten wir doch in drei Jahren eine Sonde zum Mars starten und wieder zurückbringen können, so die immer vehementer geäußerte Forderung. LifeMars, wie die Probenrückholmission bald genannt wurde, wurde zu Europas Apollo-Projekt.

Die Europäer hatten in technologischer Hinsicht nicht bei Null beginnen müssen. Der Transport von Marsproben zur Erde galt seit Langem als wichtiger Meilenstein auf dem Weg zu bemannten Marsmissionen, die verschiedensten Szenarien waren bereits gründlich untersucht und durchgerechnet worden. Wissenschaftler und Ingenieure waren bereit, es hatte bislang nur jemand gefehlt, der das Startsignal gab.

Das kam schließlich vom Direktor der europäischen Weltraumorganisation ESA. Nur gut drei Monate nach der Entdeckung der Marsproteine gab er bekannt, dass Europa gemeinsam mit Indien die Mission LifeMars für einen Start im Juli 2024 vorbereite.

Indien hatte sich als starker Partner erwiesen. Hier waren nicht nur einige wichtige Technologien bereits recht weit entwickelt, die die europäschen Stärken gut ergänzen konnten. Auch der politische Wille war stark ausgeprägt. Getragen von einer breiten Zustimmung in der Bevölkerung, war das Land bereit, viel Kraft in das ehrgeizige Vorhaben zu investieren.

Zusätzlich hatte LifeMars Unterstützung von einigen der ernsthafteren privaten Initiativen, den Mars zu erreichen, bekommen. So hatte nicht nur der Starttermin eingehalten werden können, auch die übrige Mission war nach Plan verlaufen. Knapp zwei Jahre später war eine Sonde mit mehreren Kilo Bodenproben, gesättigt mit Marsproteinen, zur Erde zurückgekehrt.

Es war ein aufregender Moment gewesen. Suneetha und ihre Kollegen, mit denen sie sich jetzt die Raumstation teilte, hatten dafür ihr Training unterbrochen, um an den Monitoren mitzuverfolgen, wie die Kapsel mit dem sensiblen Material mit größter Vorsicht in Empfang genommen wurde.

Zunächst war sie in einen hohen Orbit geschwenkt, von wo aus sie mit gezielten Bremsmanövern Stück für Stück abgesenkt worden war, bis sie schließlich auf gleicher Höhe wie die Internationale Raumstation die Erde umkreist hatte. Stundenlang waren nur Orbitaldaten auf den Bildschirmen erschienen. Als dann endlich die Sonde selbst zu sehen gewesen und langsam immer größer geworden war, hatte Suneetha fast vergessen zu atmen. Der Transportbehälter war von vornherein so gestaltet worden, dass er mit den Roboterarmen der Raumstation leicht eingefangen und ins Innere befördert werden konnte.

Doch ein solches Manöver war nie zuvor durchgeführt worden, die gesamte Mission konnte im letzten Moment immer noch scheitern. Erst als die Marsproben sicher die Luftschleuse passiert hatten, fiel die Anspannung von den Astronauten ab. Sie konnten ihr Training fortsetzen und flogen Anfang 2028 selbst zur Raumstation.

Es gehörte zur Abmachung zwischen Europa und Indien, dass indische Wissenschaftler auch das europäische Weltraumlabor Columbus für die Untersuchung der Marsproben nutzen konnten. Seit mittlerweile zwei Monaten war Suneetha jetzt schon an Bord, überwachte die Untersuchung der außerirdischen Lebensspuren und die Katalogisierung der Proteine – und brachte damit das Programm, das sie sieben Jahre zuvor in Birmingham skizziert hatte, selbst zum Abschluss.

Bisher war die Zusammenarbeit zwischen den Forschern in der Umlaufbahn und denen auf der Erde harmonisch und reibungslos verlaufen. Sobald die Strukturdaten eines Proteins vorlagen, übermittelte Suneetha sie an die irdischen Laboratorien, wo sie in umfangreiche Simulationsstudien einflossen.

Die zentrale Frage war die nach der Funktion der einzelnen Moleküle. Dafür wurde nach spiegelbildlichen Entsprechungen unter den irdischen Proteinen gesucht, aber auch nach möglichen Beziehungen der Marsproteine untereinander. Wie bei einem gigantischen Puzzle probierten die Forscher, welche Moleküle gut zueinander passten.

Allerdings wussten sie nicht, aus wie vielen Teilen das Puzzle insgesamt bestand und ob sie über Teile vom Rand oder aus dem Zentrum verfügten. Auch war vorerst unklar, inwieweit sie sich bei der Interpretation der chemischen Wechselwirkungen am irdischen Vorbild orientieren durften. Derzeit stocherten die Wissenschaftler noch im Nebel. Ständig wurden neue Theorien formuliert, um bald darauf, beim Vorliegen neuer Analyseergebnisse und Simulationsrechnungen, wieder verworfen zu werden.

Oxiaplanumase-88 fügte der Debatte jetzt einen ganz neuen Aspekt hinzu. Möglicherweise war der komplette Zerfall der Kristalle auf einen technischen Fehler zurückzuführen. Suneetha hielt das für die wahrscheinlichste Erklärung.

Vorerst ließ sich aber nicht ausschließen, dass die gescheiterte Kristallisierung auf andere Ursachen zurückging. War sie womöglich im Molekül selbst angelegt?

Das könnte die gesamten weiteren Forschungen beeinflussen. Eine Untersuchung in irdischen Laboratorien wäre dann erst einmal so gut wie ausgeschlossen. Proteine mit einem eingebauten Selbstzerstörungsmechanismus würde gewiss niemand auf die Erde bringen wollen.

Hatten sie sich eine molekulare Zeitbombe an Bord geholt? Der Gedanke war Suneetha unheimlich. Sie beruhigte sich damit, dass nur die Kristalle, nicht die Moleküle selbst betroffen waren. Zudem beschränkten sich die Auswirkungen auf mikroskopische Dimensionen.

Aber ein leiser Zweifel blieb.

7

Yabuu schaute auf die Schildkröte.

„Ist sie allein gekommen?", fragte er, ohne den Blick abzuwenden.

„Ja", sagte Jaiya. „Sie ist in mein Netz geschwommen."

„Hat sie gekämpft?"

„Nein."

Der Magier betrachtete aufmerksam den gefleckten Panzer der Schildkröte und das Muster der Linien auf ihrem Kopf und den Flossen. Er schloss für einen Atemzug die Augen, dann sagte er: „Hilf mir."

Jaiya beugte sich hinunter, um gemeinsam mit ihm die Schildkröte auf den Rücken zu legen und sie so zu drehen, dass sie zum Meer blickte. Yabuu hielt mit einer Hand ihren Kopf. Mit der anderen griff er sich an die Brust, zog einen dünnen Holzstab, der an einem langen Band um seinen Hals hing, in einer schwungvollen Bewegung über seinen Kopf und stach ihn der Schildkröte ins Auge.

Eine Weile verharrte er regungslos in dieser Haltung, während die Seele dieses Botschafters aus der Tiefe den Körper verließ und zu den Geistern des bitteren Wassers zurückkehrte. Dann zog er den Stab heraus und erhob sich.

Yabuu konnte die Zeichen des Meeres ebenso gut deuten wie die des Himmels. In den Runzeln und Falten von Schildkröten sei deren ganze Lebensgeschichte verborgen, sagte er, und konnte bei Dorffesten von aufregenden und zumeist auch lustigen Abenteuern erzählen. Als er Jaiya jetzt ansah, war er jedoch vollkommen ernst.

„Das ist merkwürdig", sagte er. „Ein Bewohner des Meeres überbringt eine Botschaft des Himmels?"

Jaiya sah ihn schweigend an, während er nachdachte und sein Blick zwischen ihr und der toten Schildkröte hin und her wanderte. Dann begann er wieder zu reden.

„Sie trägt die Zeichen des Totenreiches, aber auch die des neuen Lebens. Ich verstehe die Botschaft nicht. Werden oben und unten eins? Stürzt der Himmel ins Meer? Oder werden wir alle zu den Sternen erhoben?"

Er hob die Hände, um seine Ratlosigkeit auszudrücken. „Sie ist zu dir gekommen", sagte er dann wieder entschlossener. „Wenn du ihr Fleisch isst, wirst du sie verstehen."

Jaiya nickte und wandte sich zum Wald, um Feuerholz zu holen.

8

„Jede Brille muss geputzt werden."

Juri sprach die Worte leise vor sich hin, während er eines der vierzehn Bullaugen im Swesda-Modul der Raumstation polierte. Es war für ihn eine Art Mantra, eine ständig wiederholte Silbenfolge, die ihm die sich ebenfalls ständig wiederholenden Reinigungsarbeiten erträglicher machen sollte.

Das runde Fenster, mit dem er sich gerade beschäftigte, hatte ja wirklich etwas von einer Brille. Es befand sich auf der von der Erde abgewandten Seite des Moduls, die den Blick in die Tiefe des Alls erlaubte.

Wenn er mit den Händen die Innenbeleuchtung abschirmte, konnte Juri allein durch diese kleine Scheibe hunderte von Sternen sehen, aber die volle Pracht entfaltete sich erst nach mehreren Minuten, wenn die Augen sich auf die Dunkelheit eingestellt hatten. Vollständige Nachtsichtfähigkeit war sogar erst nach einer halben Stunde erreicht.

Dafür war jetzt keine Zeit. Ohnehin konnte der Blick durchs Bullauge dem Vergleich mit dem Anblick des Weltalls bei einem Außenbordeinsatz nicht annähernd standhalten.

Juri wandte seine Aufmerksamkeit erneut dem Fensterrahmen zu. Besonders die Kanten und Nähte, wo sich Mikroorganismen ansammeln und wachsen konnten, mussten sorgfältig gereinigt werden. Mittlerweile sah man dem russischen Wohnmodul sein Alter natürlich an. Bereits im Jahr 2000 war es als dritter Baustein der Raumstation mit dem ebenfalls russischen Fracht- und Antriebsmodul Sarja und dem Verbindungsknoten Unity der Amerikaner verbunden worden und hatte überhaupt erst den bemannten Betrieb der Station ermöglicht, der seitdem nie unterbrochen worden war.

In der Zwischenzeit waren viele weitere Module hinzugekommen, die teilweise im rechten Winkel von den entlang der Flugbahn montierten Kernmodulen abzweigten und wiederum zu weiteren Modulen führten. Neulinge auf der Raumstation konnten sich in dem komplexen Netz aus Gängen und Verbindungsluken während der ersten Tage ihres Aufenthalts durchaus einmal verirren. Insbesondere die neuesten, noch glänzenden Elemente wie etwa das russische Gewächshaus bildeten einen deutlichen Kontrast zu den Kratzern und Flecken im Swesda-Modul, die sich im Lauf der Zeit angesammelt hatten. Aber alles in allem gab es keinen Grund zu klagen. Juris Kameraden, die in den vergangenen achtundzwanzig Jahren hier gewesen waren, hatten gute Arbeit geleistet und Swesda sorgfältig gepflegt.

Als letzter Kommandant der Internationalen Raumstation wollte er diese Tradition fortsetzen bis zu dem finalen Moment, wenn er in wenigen Wochen die Luke von außen schließen und die verbliebenen Überreste der Raumstation zum Absturz freigeben würde. Es war eine Frage des Respekts gegenüber seinen Vorgängern und all jenen, die ihm den Aufenthalt hier oben ermöglicht hatten. Für Nachlässigkeit gab es keine Rechtfertigung, auch wenn die Station kurz darauf in einem gigantischen Feuerball verglühen sollte.

Im Feuer endete, was mit dem Feuer begonnen hatte. Der Gedanke weckte sentimentale Gefühle in ihm. Flammen hatten Juri schon immer fasziniert. Seit er als kleiner Junge zum ersten Mal am Lagerfeuer gesessen und Stockbrot gegessen hatte, hatten ihn das Knacken und Knistern der brennenden Zweige, die Wärme der Glut und der Tanz der Flammenzungen nicht mehr losgelassen. Er hatte begonnen zu experimentieren, genau beobachtet, wie Zweige und Blätter Feuer gefangen, welche Formen und Farben die Flammen angenommen, wie sie sich ausgebreitet hatten.

Auf sein unermüdliches Drängen hatten ihm seine Eltern bald auch einen Chemiebaukasten geschenkt, und er hatte gelernt, die zersetzende Kraft des Feuers noch gezielter zu nutzen. Mit chemischen Formeln und Reaktionsgleichungen hatte er sich ausgekannt, noch bevor das Fach in der Schule gelehrt wurde, und hatte sie schließlich auch an der Universität studiert.

Im Mittelpunkt von Juris Interesse war jedoch stets das Feuer selbst geblieben. Als Chemiker hatte er sich er sich auf

Verbrennungsprozesse spezialisiert, war bei der russischen Armee zunächst als gefragter Experte für Treib- und Explosivstoffe eingesetzt worden und über die Mitarbeit an neuen Triebwerken für Langstreckenraketen und Hyperschallgeschosse schließlich in Kontakt mit der Raumfahrt gekommen. Es war ihm zuerst völlig abwegig erschienen, sich als Kosmonaut zu bewerben. Doch sein Vorgesetzter hatte ihn ermutigt, es zu versuchen, und als sich abgezeichnet hatte, dass er damit Erfolg haben könnte, begann sich sein Blick aufs Feuer noch einmal zu verändern.

Jetzt war er nicht mehr nur der Meister der Flammen, der sie nach seinem Willen formte, mit ihrer Hitze Stoffe umwandelte und ihre Energie möglichst optimal kanalisierte, um Fahrzeuge, Schiffe oder Fluggeräte in Bewegung zu setzen. Auf einmal sollte er selbst mitten im Feuer stehen und von einer gigantischen Flamme ins All getragen werden.

Er war in die Fußstapfen seines berühmten Namensvetters Juri Gagarin getreten, hatte sich auf eine Reise begeben, die nur wenige Menschen vor ihm bisher unternommen hatten. Er wurde Mitglied des exklusiven Klubs der Raumfahrer, war sich dabei aber immer bewusst, dass er diese großartige Chance der Vorarbeit vieler anderer Menschen verdankte – nicht nur denjenigen, die seine spezielle Mission betreuten, sondern auch all denen, die überhaupt erst die technologischen Grundlagen dafür geschaffen hatten.

Das Sojus-Raumschiff hatte ihn nicht nur 400 Kilometer hoch in den Orbit gebracht, es ließ ihn auch den Gipfel der Feuerbeherrschung am eigenen Leib erleben. Er stand am Ende einer Geschichte, die vor vielen Generationen begonnen hatte, und wollte alles darüber wissen.

Wie, wann und wo hatte es angefangen? Welches waren die großen Etappen und Wendepunkte auf dem Weg gewesen, der die Menschheit schließlich dahin gebracht hatte, die

Kraft des Feuers so zu bündeln, dass mit ihr die Erdschwerkraft überwunden werden konnte?

Juri schaute zu den Bildern von Juri Gagarin und Konstantin Ziolkowski, die über der Verbindungsluke befestigt waren und an die großen Leistungen der russischen Raumfahrt erinnerten. Ziolkowski hatte als erster die Raketenformel abgeleitet und erkannt, dass eine Rakete aus mehreren Stufen bestehen musste, um ein Raumschiff so weit zu beschleunigen, dass es der Erdschwerkraft entkommen konnte.

Auf ähnliche Weise, so sah Juri das inzwischen, hatte sich auch die Kunst der Feuerbeherrschung in drei großen Stufen entwickelt und dabei das menschliche Leben über die Jahrtausende selbst kontinuierlich beschleunigt. Ein Ende dieses Geschwindigkeitsrausches war nicht abzusehen. Immer mehr Informationen rasten immer schneller um die Erde, in immer rascheren Zyklen erneuerte sich das Wissen, veralteten Produkte ebenso wie Meinungen.

Im amerikanischen Modul erinnerte ein Plakat daran, dass sie die Erde mit 28000 Kilometern pro Stunde umkreisten. Davon war hier oben nichts zu spüren. Aber um diese Orbitalgeschwindigkeit – die erste Kosmische Geschwindigkeit, wie die Russen sagten – zu erreichen, hatten sie sich beim Start ganz schön durchrütteln lassen müssen und waren zeitweise mit dem mehr als Vierfachen der Erdschwerkraft in den Sitz gedrückt worden. Das war unangenehm, aber auszuhalten gewesen, dachte Juri. Schließlich dauerte die Belastung nur knapp neun Minuten. Außerdem war sie auf ein klares Ziel ausgerichtet, auf das Erreichen des Erdorbits, und mündete in Schwerelosigkeit.

Die allgemeine Beschleunigung des Lebens dagegen ging immer weiter, drehte sich immer rasender um sich selbst, ohne ein erkennbares Ziel, und überforderte die Menschen mehr und mehr. Juri wünschte sich einen Moment der kulturellen Schwerelosigkeit, eine Gelegenheit, in Ruhe darüber nachzudenken, was die Menschheit mit ihren neu erworbenen Kräften und Fähigkeiten anfangen wollte. Er hatte jedoch wenig Hoffnung, dass es jemals dazu kommen würde.

Selbst als Neil Armstrong, Buzz Aldrin und Michael Collins die erste Mondlandung durchführten, hatten die Menschen auf der ganzen Erde nur für einen Augenblick die Luft angehalten. Dann war es weitergegangen wie gewohnt, als wäre nichts geschehen.

Juri warf einen abschließenden Blick auf das letzte Fenster, das er sorgfältig gereinigt hatte. Dann schaute er hindurch auf das Gewächshaus-Modul, dessen Abtrennung er morgen vornehmen sollte. Jetzt waren auch die Tage der Internationalen Raumstation gezählt. Das mit so großen Hoffnungen begonnene Projekt, das die Kooperation über die Konkurrenz stellen sollte, zerfiel in seine Einzelteile. Erneut war eine Chance vertan, mit dem Aufbruch ins All auch die menschliche Zivilisation auf die nächste Stufe zu bringen. Würde es noch eine weitere geben?

Depressionen waren das Letzte, was sie hier oben gebrauchen konnten. Als Juri bemerkte, wie sich seine Stimmung verschlechterte, griff er auf einen mentalen Kniff zurück, der ihn in solchen Situationen schon oft gerettet hatte: Er kümmerte sich ums Essen.

9

Klara hatte gleich nach der Besprechung mit Mark die Laufschuhe angezogen und joggte jetzt durch den nahe gelegenen Wald. Sie brauchte die Ablenkung, um sich wieder zu lockern. Gespräche mit Astronauten erforderten immer eine hohe Konzentration. Es stand in der Regel nur wenig Zeit zur Verfügung, in der alle Fragen möglichst klar beantwortet werden mussten.

Die Raumfahrer waren zudem durchweg hochintelligente Leute, die sehr genau nachfragen konnten. Wenn Klara nicht hundertprozentig bei der Sache war und sich nicht gut vorbereitet hatte, konnte sie schnell in Verlegenheit kommen. Das galt umso mehr, wenn es nicht mehr nur ums vorbereitende Training, sondern um eine reale Mission ging. Die Gesundheit und das Leben der Crew hingen dann davon ab, dass alle, am Boden wie im Orbit, gut und zuverlässig zusammenwirkten.

Mark zählte eindeutig zu den pflegeleichten Partnern. Aber vielleicht gerade deswegen bereitete sich Klara auf die Begegnungen mit ihm besonders sorgfältig vor. Sie wollte sich von seiner Lockerheit und Unbekümmertheit nicht anstecken lassen. Gerade durch den unkomplizierten Umgang könnte sich ansonsten Nachlässigkeit einschleichen, fürchtete sie. Sie könnten beide unvorsichtig werden. Und das konnte im Weltraum rasch Konsequenzen nach sich ziehen, die gefährlich waren.

Außerdem findest du ihn einfach gut, dachte sie. Mach dir nichts vor. Er ist ein attraktiver Mann, dessen blaue Augen selbst auf dem Bildschirm noch eine enorme Strahlkraft haben. Das macht das alles noch riskanter.

Als ihr Körper sich jetzt auf das Lauftempo einstellte und sie unter dem dichten Blätterdach über den weichen, federnden Waldboden lief, fiel die Anspannung von ihr ab. Es war ein weitgehend ebener Weg, sie kannte die Strecke gut und konnte sich ganz auf die regelmäßigen Laufbewegungen konzentrieren. Ihre Beine gaben den Takt vor, auf den sich Herzschlag und Atem jetzt eingeschwungen hatten und perfekt miteinander harmonierten wie Kolben, Pleuelstangen und Räder bei einer Dampflokomotive.

Klara nahm den Vergleich mit einer Maschine, der ihr so unvermittelt durchs Hirn schoss, amüsiert zur Kenntnis. Bei ihrer Arbeit musste sie Astronauten oft genug an das Gegenteil erinnern: dass sie eben keine Maschinen waren. Viele hatten eine naturwissenschaftlich-technische Ausbildung durchlaufen, manche auch eine militärische, und neigten zu einer technisierten Sicht auf die Welt.

Der menschliche Körper ließ sich aber nicht einfach durch das Drehen an ein paar Stellschrauben wieder ins Lot bringen, er war deutlich komplexer und brauchte manchmal vor allem Ruhe und Zeit zur Erholung. Das war in einer immer noch vornehmlich von männlichen Ingenieuren geprägten Welt durchaus nicht selbstverständlich.

Zusammen mit ihren Kolleginnen und Kollegen aus den medizinischen Abteilungen kam sich Klara im Astronautenzentrum daher häufig wie eine Exotin vor oder sogar wie ein Alien. Das war schon ein bisschen verrückt: Ausgerechnet ein Alien musste die Menschen an ihre urmenschlichen Eigenschaften erinnern.

Mit Mark hatte sie es in dieser Hinsicht vergleichsweise leicht. Als sie bei der Vorbereitung auf diese Mission einmal über die Veränderung der Körperrhythmen bei unterschiedlichen Belastungen gesprochen hatten, hatte er sich gegen den Maschinenvergleich sogar regelrecht gesträubt.

„Aber die Ungenauigkeit macht doch gerade das Leben aus!", hatte er eingewandt. „Pulsschläge und Atemzüge folgen nie im exakt gleichen Abstand aufeinander, sorgen über längere Zeit aber dennoch für einen regelmäßigen und zuverlässigen Takt."

Deswegen könnten auch, hatte Mark erklärt, Drum-Computer bis heute keinen menschlichen Schlagzeuger ersetzen. Mark trommelte hin und wieder selbst gern und sprach aus Erfahrung.

„Ich haue bestimmt meistens daneben, treffe so gut wie nie exakt den Beat", hatte er gesagt. „Aber ich korrigiere mich dafür auch in Echtzeit, gleiche jede kleine Verzögerung mit dem nächsten Schlag aus, fange die Fehler der Mitspieler auf. Das kann keine Maschine. Wenn ein Computer den Takt vorgibt, müssen sich alle nach ihm richten. Erbarmungslos."

„Wirklich?", hatte Klara eingewandt. „Und was ist mit AI Sessions? Wenn Menschen und Roboter miteinander improvisieren, richten sich die Roboter doch auch nach den Menschen."

Hybridbands, bei denen ein oder mehrere Instrumente von einer Künstlichen Intelligenz gespielt wurden, waren vor einigen Jahren aufgekommen und hatten für Aufsehen in der Musikwelt gesorgt. Anfangs waren sie nicht ernst genommen und von einigen Kritikern als kurzlebige Modeerscheinung abgetan worden. Ein eigener, wiedererkennbarer Musikstil hatte sich noch nicht ausgeprägt, es wurde immer noch viel experimentiert. Aber mittlerweile war klar, dass diese Form des Musizierens überdauern würde.

„Ja, schon", hatte Mark gesagt. „Aber das bewegt sich doch meistens auf der Klangebene. Der Computer steuert ja in der Regel den Synthesizer, reagiert also vor allem auf Harmonien und Melodien. Ich finde das ganz interessant, aber musikalisch hat es mich noch nicht überzeugt. Das klingt mir immer noch zu berechnet und vorhersehbar."

Er war für einen Moment verstummt.

„Allerdings habe ich die Entwicklung in letzter Zeit nicht weiter verfolgt. Die KI-Musik ist inzwischen bestimmt viel besser geworden. Wenn sich der Computer auch auf der Rhythmusebene auf die Mitspieler einstellen könnte, wäre die Sache auf jeden Fall für mich interessanter."

Er hatte schräg nach unten ins Leere geblickt. Klara fand es immer wieder faszinierend, wie man Mark ansehen konnte, wenn ein Gedanke zündete und die neuronalen Netzwerke in seinem Gehirn aktivierte. Dabei war er offen für alle Themen, ließ sich von den unterschiedlichsten Ideen inspirieren, manchmal völlig unerwartet und überraschend für seine Gesprächspartner. Eine beiläufig hingeworfene Bemerkung über Grashüpfer konnte ebenso plötzlich Assoziationen bei ihm hervorrufen wie Erörterungen zur Kühlung von Raketentriebwerken – oder eben ein Gespräch über Musik.

„Ich stelle mir gerade vor", hatte er erläutert, „dass der Computer den Bass spielt und dabei erkennbar auf mein Schlagzeugspiel reagiert. Ich würde wahrscheinlich ein wenig herumprobieren, ob ich ein System in den Reaktionen erkennen kann. Hier mal einen Akzent setzen, auf die Basstrommel treten, das Hi-Hat-Becken zischen lassen. Oder ein paar Takte lang stur das Gleiche spielen und schauen, was der Computer darauf erwidert. Ich würde versuchen, das Programm kennenzulernen. Aber wenn die Antworten des Computers vielfältig genug sind, würde ich wohl bald mit dem Rechnen aufhören und intuitiv reagieren, wie bei einem Menschen. Ich muss das Gefühl haben, einen wirklichen musikalischen Dialog zu führen, mit dem Roboter als gleichrangigem Partner, der mir zuhört, der mich versteht. Mit einem unerbittlichen, tauben Dirigenten, der mir auf Millisekunden genau den Takt vorgibt, kann ich nichts anfangen. Solche Musik lebt nicht."

„Du sagst, du lernst das Programm kennen. Ist das bei Menschen nicht genauso?", hatte Klara gefragt. „Du lernst deine Partner beim gemeinsamen Musizieren doch auf ganz besondere Weise kennen."

„Ja, natürlich", hatte Mark erwidert. „Vor allem, wenn man zusammen improvisiert. Nonverbale Kommunikation, das

Tollste überhaupt. Man versteht sich ohne Worte, inspiriert sich gegenseitig zu immer wieder neuen Ideen."

Er hatte einen Moment innegehalten. „Das habe ich leider schon lange nicht mehr erlebt. Das Astronautentraining lässt mir einfach keine Zeit dafür. Wahrscheinlich können Computer dabei inzwischen deutlich besser mit Menschen mithalten. Ich müsste das bei Gelegenheit einmal ausprobieren."

„Mensch-Maschine-Interaktion mittels Musik ..."

Klara hatte den Satz nicht vollendet. Es war ein interessanter Gedanke, aber erst einmal hatte das Fitnesstraining für Mark auf dem Programm gestanden.

„Auf der Raumstation wirst du mit der Maschine erst einmal noch auf traditionelle Weise umgehen müssen. Du wirst dich ihr sogar vorübergehend unterwerfen müssen. Auch wenn dein Körper selbst keine Maschine ist, dort oben wird er Teil von einer. Du wirst gewissermaßen an ein Lebenserhaltungssystem angeschlossen. Wenn du diese Zeit möglichst angenehm verbringen und gut überstehen willst, solltest du jetzt loslegen."

Sie hatte auf das Laufband gedeutet.

„Zehn Minuten Aufwärmen, dann Intervalltraining."

Bei ihrem Waldlauf hatte Klara es jetzt viel leichter als Mark. Sie atmete frische, nach Nadelbäumen duftende Luft ein und konnte sich frei bewegen, ohne wie die Astronauten durch starke Gummibänder auf ein Laufband gedrückt zu werden. Vor ihr lag ein gerades Wegstück, auf dem sie einige Schritte rückwärts laufen konnte, dann seitwärts nach links, nach rechts, schließlich wieder geradeaus.

Beim Laufen ließ sie erst den linken, dann den rechten Arm nach hinten kreisen. Sie erreichte eine Wiese, lockerte Arme und Beine und lehnte sich gegen einen Baum, um die Waden zu dehnen. Sie machte weitere Dehnungsübungen, ging dabei ein Stück auf den Rasen, fand eine ebene Stelle, wo sie sich schulterbreit aufstellte und einige Fauststöße und Karatetritte in die Luft ausführte.

Anschließend ging sie in die Hocke und prüfte den Boden. Er war trocken. Für einen April war es schon seit einigen Tagen ungewöhnlich warm. Sie zog Schuhe und Strümpfe aus und lief ein paar Schritte barfuß durchs Gras. Dann noch einmal die Tritte. Ja, so fühlte sich das gleich viel besser an.

10

Mark hatte sich Orangensaftkonzentrat aus einem Container im Swesda-Modul geholt, es mit Wasser vermengt und sog am Strohhalm, während er zurück zum Columbus-Labor am anderen Ende der Raumstation schwebte. Dort war Suneetha mit der Züchtung von Proteinkristallen beschäftigt.

„Wie war das Training?", fragte sie, als Mark hereinkam. „Bist du wieder geschwommen?"

„Ja, quer durch den Pazifik. Aber Fliegen ist viel besser."

Er aktivierte den Computer vor dem Rack mit dem Flammenexperiment.

„Mit dem Exoskelett glaubst du wirklich, du hättest Flügel. Es fehlt nur der Wind. Dann wäre die Illusion perfekt."

„Ist es der Traum vom Fliegen, der dich hierher gebracht hat?"

Mark überlegte kurz. „Nein, eigentlich nicht. Ich habe immer einen großen Unterschied gesehen zwischen dem Fliegen in der Atmosphäre und einem Flug ins All. Natürlich ist es fantastisch, wie ein Adler durch die Luft zu gleiten. Aber das hier ist doch etwas völlig anderes. Was willst du hier oben mit Flügeln anfangen?"

Suneetha nickte. „Du scheinst eine ganze Menge damit anfangen zu können", sagte sie dann und lächelte. „Ich habe vorhin kurz zugesehen, als du trainiert hast. Es wirkte anstrengend, schien dir aber großen Spaß zu bringen."

Mark schaute sie an. Immer wieder war er von Suneethas großen braunen Augen fasziniert, die Klarheit und Offenheit ausstrahlten, zugleich aber auch tief in die Seele ihres Gesprächspartners zu blicken schienen. Ihr konnte man nichts vormachen. Musste man auch nicht. Suneetha war eine Partnerin, der Mark hundertprozentig vertraute.

„Ja, es ist großartig", bestätigte er. „Das System hat eine große Zukunft, davon bin ich überzeugt. Du solltest es auch einmal ausprobieren."

Suneethas Blick trübte sich. Es war nur eine winzige Veränderung, aber sie entging Mark nicht.

„Dazu wird wohl keine Zeit mehr sein", sagte sie und hielt einen Moment inne. „Aber wer weiß, was die Zukunft bringt", schob sie schnell nach, bevor das Schweigen unangenehm wurde.

„Tja, wer weiß", sagte Mark, während er das Protokoll des Flammenexperiments aufrief. „Jedenfalls hat mich nicht die Lust am Fliegen zum Astronauten werden lassen, sondern die Weite des Weltraums. Die Grenzenlosigkeit. Die Vielfalt der Möglichkeiten. Hier gibt es Welten, die wir uns gar nicht vorstellen können. Die wollte ich entdecken, erforschen. Da wollte ich hin. Die Zukunft der Menschheit liegt hier draußen, davon bin ich mehr denn je überzeugt."

Er schaute auf den Monitor. Bei der automatisch ablaufenden Versuchsreihe schien es keine Störungen gegeben zu haben.

„Auch wenn ich selbst wohl nie über den erdnahen Orbit hinauskommen werde, bin ich froh, das hier erlebt und den Weg ein Stück weit mit erarbeitet zu haben."

Er wandte sich zu Suneetha. „Und du? Welcher Treibstoff hat dich hierher gebracht?"

„Kerosin und flüssiger Sauerstoff", antwortete sie und lachte. „Nein, im Ernst, letztlich war es das Interesse am Leben. Ich konnte mir nicht vorstellen, dass sich nur auf der Erde Leben entwickelt haben soll, wollte herausfinden, wie es zur Entstehung von Leben kommt, was Leben überhaupt ist."

„Dafür hättest du aber nicht unbedingt hierher kommen müssen."

„Das stimmt. Ursprünglich hatte ich das auch gar nicht vor. Aber dann war ich zufällig zur rechten Zeit am richtigen Ort. Ohne die Entdeckung der Marsproteine wäre ich wahrscheinlich nie ins All geflogen."

Sie prüfte die Kristallisierung eines Proteins, die offenbar problemlos voranschritt.

„Ebenso wichtig war wohl Kalpana Chawla. Ich ging noch zur Schule, als ich sie zum ersten Mal im Fernsehen sah. Sie war die erste indische Frau, die ins All flog. Hast du von ihr gehört?"

„Ja, natürlich. Ich stand kurz vor dem Abitur, als sie mit der Columbia abstürzte. Das ließ mich damals für einen Moment zweifeln, ob ich wirklich Astronaut werden sollte. Aber dann dachte ich: jetzt erst recht!"

„Ganz genau!" Suneetha nickte heftig und drehte sich zu Mark. „Ich habe ganz ähnlich reagiert. Sie war eine so starke Frau, voller Leidenschaft und Entschlossenheit. Und sie war sich ihrer Bedeutung bewusst. Frauen waren damals in Indien noch viel stärker als heute Menschen zweiter Klasse. Da kam Kalpana und zeigte, dass man auch als indisches Mädchen ganz hoch hinaus kommen konnte. Das war eine Zukunft, an der ich mitwirken wollte. Als sie mit der Raumfähre verunglückte, war ich geschockt, aber zugleich umso entschlossener, ihr Werk fortzusetzen."

Auch Mark wandte sich von seiner Arbeit ab und schaute Suneetha an.

„Bist du ihr jemals begegnet?"

„Nein. In den USA hat sie immer wieder Schulen besucht, um dort Vorträge zu halten. Aber nach Indien durfte sie nicht reisen. Die NASA war um ihre Sicherheit besorgt."

„Nun, das hat sich geändert. Du musstest keine Amerikanerin werden, um ins All zu fliegen. Jetzt habt ihr in Indien sogar euer eigenes Raumschiff. Und nach dieser Mission kannst du so viele Schulklassen besuchen, wie du willst. Freust du dich darauf?"

„Oh ja! Ich liebe es, junge Menschen zu inspirieren und zu ermutigen, ihren Weg zu gehen." Sie hielt kurz inne. „Die meisten Menschen sehen das an ihren eigenen Kindern. Aber eine eigene Familie zu gründen, ist mir nicht gelungen. Vielleicht ist das der Preis für den Erfolg, den ich als Wissenschaftlerin hatte. Umso wichtiger sind mir diese Gelegenheiten, mit Kindern und Jugendlichen in Kontakt zu kommen. Gerade die ganz Kleinen stellen in ihrer Unbefangenheit oft so kluge Fragen. Aus den Begegnungen ziehe ich wahrscheinlich mindestens so viel Inspiration wie sie."

Mark konnte Suneethas Haltung nicht ganz nachvollziehen. Für ihn waren öffentliche Auftritte ein eher lästiger Teil seiner Arbeit, den er nicht wirklich liebte, aber professionell absolvierte. Es war keine Frage, dass er den Menschen, die ihm über ihre Steuergelder den Flug in den Weltraum überhaupt erst ermöglichten, etwas geben musste, und zwar nicht nur in Gestalt seiner Forschungsergebnisse. Sie sollten an dem Erlebnis teilhaben, so gut es ging.

Die ESA wollte Astronauten zum Anfassen, das war ihm schon früh im Auswahlverfahren vermittelt worden und er hatte es klaglos akzeptiert, hatte alle angebotenen Schulungen mitgemacht und an seinen kommunikativen Fähigkeiten gearbeitet. Er wollte ins All, und das sollte nicht an seiner Schüchternheit scheitern oder daran, dass er zu oft „äh" sagte.

Ein brillanter Redner war er nicht geworden, aber offenbar machte er seinen Job als öffentliche Person gut genug. Vielleicht hatte die Verantwortlichen bei der ESA auch die Entschlossenheit beeindruckt, mit der er diese ungeliebte Aufgabe wie alle anderen angegangen war. Jedenfalls war er jetzt hier. Und hatte gleich einen Termin mit der 10 c von der Peter-Petersen-Schule in ... er konnte es sich einfach nicht merken. Es war irgendwo in Niedersachsen.

„Willst du mich nicht vertreten?", fragte er Suneetha. „Ich habe gleich einen Gesprächstermin mit einer zehnten Klasse."

Das war natürlich ein Scherz. Für solche spontanen Ideen war in den Arbeitsplänen der Raumstation kein Platz.

Doch die Inderin überraschte ihn. „Für dich einspringen kann ich nicht. Aber wenn du magst, kannst du mich gerne ins Gespräch einbeziehen. Es dauert doch ohnehin nur ein paar Minuten. Sprichst du von hier aus mit ihnen?"

„Ja, in einer halben Stunde."

„Dann bin ich sowieso noch hier. Da sollte ich zumindest ‚hallo' sagen. Mit dir unterhalte ich mich ja auch bei der Arbeit. Wenn da noch ein Gesprächspartner hinzu kommt, macht das keinen großen Unterschied."

So konnte man das auch sehen. Die Leichtigkeit, mit der Suneetha sich der Situation stellte, wirkte ansteckend. Erst jetzt bemerkte Mark, wie er sich angesichts des Interviewtermins innerlich verkrampft hatte. Dabei war das gar nicht nötig. Wie er jetzt mit Suneetha bei der Arbeit plauderte, konnte er sich nachher auch mit der Schulklasse unterhalten, ganz locker.

„Ist es mit Video?", fragte Suneetha.

„Ja, aber nur solange Sichtkontakt zwischen Boden und Raumstation besteht. Die Schüler peilen uns mit einer Richtfunkantenne direkt an." Er strahlte Suneetha an und nickte nachdrücklich. „Warum nicht? Ja, es wäre schön, wenn du bei dem Gespräch dabei sein könntest."

11

Yabuu war bei den Toten gewesen. Es war lange her, Jaiya war damals noch gar nicht geboren. Aber manchmal redete er davon. Die Geschichten von den Göttern der Meere und der Winde, die er oft am Feuer und bei Festen sang, erzählte er immer mit dem ganzen Körper. Bei den ersten Strophen blieb er noch einigermaßen ruhig, dann sprang er in den Kreis und unterstrich die Erzählung mit ausladenden, immer wilderen Gesten, bis die Zuhörer aufsprangen, die Trommeln lauter wurden und alle verzückt und erfreut miteinander tanzten, bis sie erschöpft waren.

Doch es kam immer wieder vor, dass er unvermittelt ernst wurde, sein Blick sich ins Leere richtete und er in seinen Bewegungen innehielt. Dann sprachen die Toten zu ihm.

Die Alten erzählten, dass Yabuu bei einer Totenfeier plötzlich zusammengebrochen sei und kein Lebenszeichen mehr von sich gegeben habe. Den ganzen folgenden Tag sei er regungslos liegengeblieben. Als seine Eltern ihn bestatten wollten, hielt der Medizinmann sie zurück.

Es war ein weiterer Tag vergangen, ohne dass er sich gerührt hatte. Doch am Morgen des dritten Tages hatte Yabuu die Augen aufgeschlagen und war augenblicklich wach gewesen. Er hatte verwirrt gewirkt und auf die Fragen, was mit ihm geschehen sei und was er erlebt habe, nicht gleich antworten können. Die Toten hatten ihn vorübergehend zu sich geholt, hatten ihn gut behandelt, so viel wurde nach und nach klar. Er hatte keine Angst gehabt, aber das Erlebnis war sehr fremd und irritierend gewesen. Er konnte nicht erfassen, was er alles gesehen, gehört und geschmeckt hatte.

Aber das Neue war in ihm und manchmal brach es heraus. Dann sagte Yabuu rätselhafte Dinge, die zunächst niemand verstand. Oder er ging fort und kam erst nach Tagen wieder, mit Pflanzen, Steinen, magischen Hölzern oder Muschelschalen. Deren Muster enthielten Botschaften, die nur er verstand.

Die Toten leiteten ihn, sagte er, führten seine Hände, zeigten ihm geheime Zeichen. Es kam darauf an, ihnen zu vertrauen, auch wenn ihre Botschaften seltsam anmuteten. Sie hatten ihn auserwählt, um zwischen dem Totenreich und den Lebenden zu vermitteln und die Weisheit all derjenigen, die vorausgegangen waren, zu bewahren.

Yabuu war schon vor diesem Ereignis durch seine Feinfühligkeit und Klugheit aufgefallen. Viele hatten in ihm den künftigen Medizinmann gesehen, aber erst seine Reise ins Totenreich hatte ihn in dieser Rolle endgültig bestätigt. Danach hatte niemand mehr an ihm gezweifelt. Die Toten hatten in dieser Frage das letzte Wort.

Als er jetzt die Schildkröte als Boten aus dem Totenreich erkannte, fühlte Jaiya sich beschwingt. Es war soweit. Die Seelen der Verstorbenen hatten sie wahrgenommen, hatten Kontakt zu ihr aufgenommen. Vielleicht würde das Fleisch der Schildkröte sie zu ihnen bringen, wie einst Yabuu zu ihnen gereist war.

Sie fürchtete sich nicht, im Gegenteil, voller freudiger Erwartung holte sie trockene Äste und Zweige des Hibiskus aus dem Dorf und schichtete sie neben der toten Schildkröte auf. So war es Brauch, sie musste dort verzehrt werden, wo sie getötet worden war, gekocht auf einem Feuer aus Hibiskus.

Als genug Brennholz aufgeschichtet war, lief Jaiya ins Dorf, um etwas Glut aus einem brennenden Feuer zu holen. Dort hatte sich die Nachricht von ihrem Fang längst verbreitet und für Aufregung gesorgt. Denn obwohl die Schildkröte zu Jaiya gekommen war und ihr daher der erste Bissen und die besten Teile zustanden, würde sie von allen gemeinsam verzehrt werden.

Für vier Jungen bedeutete das zugleich das Ende ihrer Fastenzeit, in der sie mehrere Monate lang kein Schildkrötenfleisch hatten essen dürfen. Jeder junge Mensch absolvierte solche Zeiten, in denen er den wichtigsten Nahrungsquellen besondere Ehre erwies, indem er vorübergehend auf sie verzichtete. Wie lange dieser Verzicht währte, wurde vom Medizinmann bestimmt, und das Ende des Fastens war stets Anlass für ein Fest. Dieses Fest hatte in dem Moment begonnen, als Yabuu die Schildkröte getötet hatte.

Niemand aber hatte mehr Anlass zum Feiern als Jaiya. Sie war auserwählt worden, die Nachfolge Yabuus anzutreten und die neue Zauberin zu werden. Dass sie die nötigen Gaben dafür hatte, sensibel und klug genug war, war schon lange bekannt gewesen. Aber es hatte ein Zeichen gefehlt, ein Zeichen aus dem Totenreich, das sie in dieser Aufgabe bestätigte. Jetzt war es gekommen.

Oder nicht? Jaiya hatte mit einem Zeichen des Himmels gerechnet. Die Schildkröte aber war aus dem Meer zu ihr gekommen.

12

„Wenn du da oben bist, dann sieh zu, dass du aus dem Fenster schaust!“

Das war wohl einer der häufigsten Ratschläge, den erfahrene Astronauten den Neulingen mitgaben. Mark hatte ihn, seit er auf der Raumstation war, bereits ausgiebig beherzigt. Auch heute wollte er am späteren Nachmittag wieder eine Weile in der Beobachtungskuppel verbringen und freute sich schon darauf. Die Aussicht war einfach spektakulär, der Blick auf die Erde Höhepunkt jedes Raumfluges.

Gelegentlich bot die Raumstation allerdings auch in ihrem Innern fantastische Anblicke. Wie jetzt die Verbrennungsversuche auf seinem Monitor.

Die Betreuung des Aachener Flammenexperiments zählte zu Marks Lieblingstätigkeiten. Innerlich dankte er wieder einmal den Forschern von der Technischen Hochschule, die eine nahezu perfekte Versuchsreihe realisiert hatten, vollautomatisch und praktisch wartungsfrei.

Auch jetzt genügten wenige Blicke, um sich zu vergewissern, dass alles störungsfrei lief. So blieb reichlich Zeit, sich Videoaufzeichnungen der Versuche anzusehen und sich einfach nur an der Schönheit der kugelförmigen Flammen zu erfreuen.

Es war wie ein Feuerwerk aus Seifenblasen, das so nur in der Schwerelosigkeit möglich war. Jede einzelne Blase entstand aus einem kurzen hellen Blitz, formte sich zu einer zwischen blau, rot und violett schimmernden Kugel, die sich langsam ausdehnte und dabei immer zarter leuchtete, bis sie erlosch. Keine war wie die andere. Sowohl das Farbenspiel als auch Leuchtkraft, Größe und Lebensdauer der Feuerkugeln variierten stark.

Jede einzelne Flamme brannte nur wenige Sekunden. Doch dafür waren jedes Mal aufwendige Vorbereitungen erforderlich, die in den Videoaufzeichnungen, die Mark durchsah, ausgespart waren.

Zunächst mussten die Reaktionsprodukte des vorangegangenen Versuchs abgepumpt und die Brennkammer mit der für den jeweiligen Versuch gewünschten Atmosphäre neu gefüllt werden. Es konnte bis zu einer Stunde dauern, bis alle Parameter richtig eingestellt waren.

Dann bewegten sich von den Wänden der Brennkammer zwei dünne metallene Pipetten zur Mitte, wo sie zwischen ihren Spitzen einen genau bemessenen Tropfen Brennstoff erzeugten. Die Bewegungen der Pipetten waren präzise aufeinander abgestimmt. Sie lösten sich gleichzeitig von dem Tropfen, sodass er ohne erkennbare Eigenbewegung im Zentrum der Kammer schwebte.

Sobald die feinen Metallröhren wieder gesichert waren, zündete ein kurzer Laserimpuls die Kohlenwasserstoffkugel.

Für die Wissenschaftler waren die Experimente in der Mikrogravitation wie ein Mikroskop. Die Beobachtung der Flammenkugeln in der Schwerelosigkeit, wie schnell sie wuchsen, in welchen Farben sie leuchteten, wo sie von der Kugelform abwichen – das alles ermöglichte Einblicke in die molekularen Prozesse, die dabei abliefen, ungestört durch die Schwerkraft und den dadurch erzeugten Auftrieb der heißen Flammen, der sonst alles überlagerte.

„Und was wäre, wenn zwei oder mehr Laser aus verschiedenen Winkeln auf den Tropfen abgefeuert würden", hatte Mark die Aachener Flammenforscher gefragt.

„Keine Ahnung", hatte Professor Goetze, der Leiter der Forschungsgruppe, gesagt. „Aber interessant. Das müssen wir ausprobieren."

So geschah es dann. Mit zeitlich leicht versetzten Zündungen an verschiedenen Stellen des Brennstofftropfens und den daraus sich ergebenden Verformungen der Flamme sollte sich die Geschwindigkeit, mit der sich das Feuer über die Brennstoffkugel ausbreitete, genau bestimmen lassen. In Simulationen hatten Goetzes Rechenkünstler einen zeitlichen Abstand von 50 bis 100 Femtosekunden für die beiden Laserblitze ermittelt, bei dem die Abweichungen von der Kugelform am deutlichsten ausfallen sollten.

Eine Versuchsreihe auf der Raumstation sollte diesen Wert jetzt bestätigen und genauer einengen. Sie bildete den Abschluss des Programms.

Im Moment lief auf dem Monitor jedoch noch eine Serie von Experimenten, bei denen die Konzentrationen verschiedener Edelgase in der Atmosphäre variiert wurden. Mark war überrascht, wie stark sich das auf die Leuchtintensität der Flammen auswirkte und genoss es, das Farbenspiel im Schnelldurchlauf betrachten zu können.

Als Kind hatte er gerne Seifenblasen zugesehen, wie sie langsam davonschwebten, und sich vorgestellt, es seien Raumschiffe auf ihrem Weg durchs All, zu fremden Welten und ihren Bewohnern. Mit einem Jungen im Kindergarten, Benjamin, hatte er „Krieg der Sterne" gespielt. Sie hatten ihre „Todessterne" aufeinander losgelassen. Mit dem Rücken zum Wind hatten sie ihre Seifenblasen schräg aufeinander zugepustet – und sich gleich darauf gestritten, wessen Blase nun gerade geplatzt war. Mark war sich ganz sicher, dass er gewonnen hatte.

Er wusste ja, wie lange seine Raumschiffe normalerweise durchhielten. Der Trick war, etwas Glycerin zur Seifenlösung zu geben. Das machte die Blasen stabiler und langlebiger. Mark hatte diesen Trick im Kindergarten aufgeschnappt und ihn Ben erklären wollen, aber den hatte es nicht interessiert, er beharrte vielmehr darauf, mit seinen kleinen, wendigen Weltraumjägern gewonnen zu haben. Als sie angefangen hatten, sich zu beschimpfen, war eine Erzieherin gekommen, hatte gefragt, warum sie ihre Seifenblasen denn unbedingt gegenseitig zerstören wollten, und war mit Ben weggegangen.

Für Feuerblasen gab es sicherlich ähnliche Rezepte, um sie besonders lange brennen und in verschiedenen Farben leuchten zu lassen. Aber daran waren die Aachener nicht interessiert. Sie wollten das Feuer besser verstehen, Verbrennungen noch ein Stück weiter optimieren.

Aus der Versuchsreihe, die Mark gerade beaufsichtigte, mochten in einigen Jahren neue Raketentriebwerke hervorgehen, die mit einem Start noch ein paar Kilo mehr in den Orbit transportieren konnten. Die Schönheit der Flammen war lediglich ein reizvoller Nebeneffekt.

Oder unterschätzte Mark die Verbrennungsforscher? Arbeiteten sie womöglich schon an Unterhaltungsprogrammen für zukünftige Weltraumbewohner, die mit bunten Feuerkugeln bei Laune gehalten werden sollten? Es war faszinierend anzusehen, wie schon geringe Änderungen des Edelgasanteils deutlich andere Farbverläufe hervorbrachten. Kaum vorstellbar, dass da keine Absicht dahinterstecken sollte.

Aber es wäre ja nicht das erste Mal, dass eine Weltraummission, gestartet, um Technologien zu entwickeln und wissenschaftliche Erkenntnisse zu gewinnen, am Ende vor allem als ästhetische Errungenschaft in Erinnerung bliebe.

Der Klassiker waren nach wie vor die bemannten Mondflüge der Amerikaner: Sie hatten das Bild der blauweißen Erdkugel gebracht und den Menschen einen neuen Blick auf ihre kosmische Heimat ermöglicht. Niemand interessierte sich für ein paar Brocken Mondgestein, die auch ein Roboter hätte einsammeln können. Aber das Foto, von einem Menschen aufgenommen, dokumentierte, was dieser Astronaut mit eigenen Augen gesehen hatte, was er dort oben erlebt hatte.

Das berührte die Leute, darüber wollten sie mehr erfahren. Was ist das für ein Gefühl, auf dem Mond zu stehen? Wie spürt man den eigenen Körper in der Schwerelosigkeit? Wie verändert einen der Weltraum?

So gut wie niemand fragte nach den Forschungen, mit denen die Astronauten sich beschäftigten und mit denen die hohen Kosten der Raumfahrtmissionen gerechtfertigt wurden. Die Öffentlichkeit interessierte sich für Bilder, Gefühle, existenzielle Erfahrungen.

Dennoch wäre es undenkbar gewesen, einen Raumflug allein damit zu begründen und Millionen auszugeben, nur damit Markus Volkmann diese Erfahrungen sammeln und davon berichten konnte. Nein, das Privileg einer Reise in die Umlaufbahn und der damit verbundenen ästhetischen Erfahrung wollte teuer erkauft sein, mit einem dicht bepackten, in Fünf-Minuten-Einheiten unterteiltem Arbeitstag und Tätigkeiten, deren Ergebnisse sich genau quantifizieren ließen.

Nicht zum ersten Mal fragte sich Mark, ob die Menschen sich damit nicht selbst betrogen. Für die Erde ins All, so lautete die Formel, mit der die Raumfahrtbehörden ihre Projekte den Politikern und diese sie wiederum ihren Wählern anpriesen. Im Sinne dieser Argumentation profitierten die Erdbewohner von Marks Flammenexperimenten, weil sie irgendwann zu effizienteren Verbrennungsmotoren führen konnten.

Aber war das nicht völlig absurd? Es wollte doch niemand ins All, um hinterher besser Auto fahren zu können. Der Weltraum stand für sich, war allein mit seiner Schönheit Grund genug, ihn zu besuchen, zu erkunden, zu besiedeln. Doch wer Geld für Raumfahrtprojekte einwerben wollte, redete besser nicht davon. Schönheit war nicht förderungswürdig, nur Nützlichkeit.

Als besonders bedrückend empfand es Mark, dass sich an dieser Einstellung seit den Anfängen der Raumfahrt offenbar immer noch nichts geändert hatte. Als die ersten Ingenieure, inspiriert von Jules Verne, Konstantin Ziolkowski und Hermann Oberth, begannen, mit Raketen zu experimentieren, war ihr Ziel die Überwindung der Schwerkraft.

„Auf zum Mars!", so hatten sich die Mitglieder der Moskauer Vereinigung zur Erforschung des Rückstoßantriebs Anfang der 1930er-Jahre begrüßt. Sie wollten ins All, wollten Raumfahrt möglich machen, um nach den Sternen zu greifen, Wernher von Braun in Deutschland ebenso wie sein ihm unbekannter Gegenspieler Sergej Koroljow in der Sowjetunion. Die dafür erforderliche Technologie konnten sie jedoch beide nur beim Militär und unter dessen Kontrolle entwickeln.

Und Hitler wollte keine Rakete, die auf dem Mond landete, sondern in London, beladen mit einer Tonne Sprengstoff. Vom Weltraum zu reden, galt als Hochverrat, auch unter Stalin. Koroljow und von Braun waren deswegen beide vorübergehend in Haft genommen, Koroljow sogar so schwer misshandelt worden, dass die Spätfolgen zu seinem vorzeitigen Tod führten.

Von den hochfliegenden Zielen Wernher von Brauns blieb am Ende nur ein kleines Gedicht übrig. Mark hatte es in einem alten Handbuch für die deutschen Truppen entdeckt, die Ende des Zweiten Weltkriegs die Raketen nach Belgien und England schossen:

Das Himmelsschiff im Weltenraum –
Ein Friedenswerk und Menschheitstraum –
Mag das Jahrhundert einst begeistern!
Heut' heißt es eine Waffe meistern.

Das Lehrgedicht stand gleich auf den ersten Seiten des Handbuchs, das den harmlosen Titel „A-4 Fibel" trug. Es hatte ihn tief berührt. War das wirklich alles, was von den ursprünglichen Visionen der Raketenpioniere übrig geblieben war? Das darin beschworene Friedenswerk war seitdem jedenfalls nicht allzu weit vorangekommen, die Waffentechnik dagegen schon.

„Sie sind wunderschön."

Suneethas Stimme riss Mark aus seinen Gedanken.

„Als wären sie lebendig."

Der missglückte Kristallisationsversuch hatte ihr ein wenig freie Zeit verschafft und so war ihr aufgefallen, dass Mark wie hypnotisiert auf den Monitor schaute. Sie hatte sich vorsichtig genähert und einen Moment still den Feuerblasen zugesehen.

„Keine ist wie die andere", sagte sie.

„Stimmt." Mark bewegte sich etwas zur Seite, um ihr einen besseren Blickwinkel zu ermöglichen. „Aber das hat natürlich auch damit zu tun, dass wir ständig die Bedingungen verändern. Bei dieser Serie wird gerade der Neon-Anteil jedes Mal etwas erhöht."

Ein greller Blitz war zu sehen, der sich in eine blau glühende, erstaunlich gleichmäßig geformte Kugel verwandelte. Sie dehnte sich rasch aus, wurde dabei blasser, zerfiel in einzelne leuchtende Streifen, die leicht violett schimmerten, bevor sie verloschen.

„Das ist es nicht allein", sagte Suneetha. „Es gibt einen ursprünglichen Plan, der sich in jeder Flamme entfaltet. Auch unter gleichen Bedingungen wäre keine wie die andere."

„Sie sind sich schon recht ähnlich, entsprechend den für alle gleichen Bedingungen. Aber wenn du genau genug hinschaust, wirst du natürlich immer Unterschiede finden. Es beginnt ja schon mit dem Tropfen, der gezündet wird. Da ist auch keiner wie der andere, jeder hat eine Eigenbewegung, vibriert und pulsiert auf seine Weise."

Eine weitere Feuerblase entflammte, wuchs, zerplatzte.

„Die Unterschiede zeigen sich umso deutlicher, je länger sie brennen", bemerkte sie. „Als würden ihre individuellen Persönlichkeiten mit dem Alter immer klarer hervortreten. Jede hinterlässt im Moment des letzten Aufflackerns ein einzigartiges Muster."

Mark brummte zustimmend. Genau deswegen konnte man endlos zusehen und dabei die Zeit vergessen. Es war der gleiche Effekt wie bei einem Lagerfeuer oder vor einem Kamin.

„Von einem Plan oder einer Persönlichkeit würde ich allerdings nicht sprechen. Es ist eine relativ einfache chemische Reaktion unter besonderen physikalischen Bedingungen. Mit Leben hat das nichts zu tun."

Suneetha schüttelte den Kopf so heftig, dass in der Schwerelosigkeit ihr ganzer Körper kurz ins Trudeln geriet.

„Wo willst du die Grenze ziehen?", fragte sie, während sie sich routiniert abstützte. „Es findet ein Stoffwechsel statt. Die Flamme wird geboren, sie wächst, entwickelt sich, altert und stirbt. Sie bildet einen Körper aus, nimmt eine Gestalt an, die relativ stabil bleibt, obwohl ihre Ränder Zonen höchst dynamischer Veränderungen sind. Das alles sind Merkmale des Lebens, wie primitiv auch immer."

„Merkmale, ja", räumte Mark ein. „Aber nicht das Leben selbst. Dazu gehört noch etwas mehr."

„Was genau? Das ist der springende Punkt. Es gibt keine verlässliche Definition, mit der klar zwischen Leben und Nichtleben unterschieden werden könnte. Da existiert eine breite Grauzone. Es erscheint mir wenig aussichtsreich, in diesem Nebel herumzustochern. Die großzügige, weite Auslegung des Begriffs ‚Leben' dagegen hat die Forschung in den letzten Jahren enorm vorangebracht."

„Davon bin ich noch nicht überzeugt. Ohne begriffliche Klarheit und Präzision ist Wissenschaft nicht möglich."

Auf dem Monitor zeigte sich unterdessen, wie die Kugelflammen mit der Erhöhung des Neon-Anteils in der Atmosphäre immer gleichmäßiger leuchteten und über längere Zeit stabil blieben. Mark rechnete damit, dass bald die optimale Konzentration des Edelgases erreicht sein würde, sodass eine weitere Erhöhung wieder zu turbulenterer Verbrennung führen würde.

„Was haben wir davon, wenn auf einmal alles als lebendig gilt? Mag sein, dass sich dazu schöne, geistreiche Aufsätze publizieren lassen, aber für mich wäre das der Siegeszug der Beliebigkeit."

„Nein", widersprach Suneetha. „Es ist ein Wechsel der Perspektive, ein anderer Blick aufs Thema, eine Verschiebung der Aufmerksamkeit. Aber ganz gewiss nicht beliebig. Ich könnte umgekehrt fragen, was damit gewonnen ist, den Flammen den Status von Lebewesen zu verweigern."

„Klarheit", antwortete Mark. „Klarheit darüber, ob etwas ins Gebiet der Physik und Chemie gehört oder in den Bereich der Biologie."

„Es könnte eine trügerische Klarheit sein."

Schweigend sahen sie eine Weile zu, wie sich aus Lichtblitzen blauviolett leuchtende Kugeln bildeten, die jetzt für mehrere Sekunden recht gleichmäßig brannten, bevor sie zerfaserten und sich auflösten.

„Ob lebendig oder nicht", sagte Suneetha schließlich. „Sie sind wunderschön."

Sie schaute zu Mark.

„Wäre das nicht etwas für Juris Neuverfilmung von ‚Odyssee im Weltraum'? Der brennende Ast, den der Urmensch in die Luft schleudert, könnte immer höher steigen und die Flamme dabei eine Kugelform herausbilden, die sich schützend um das Holz legt."

Mark erwiderte ihren Blick und lächelte.

„Juri kann ganz schön mitreißend sein, wenn er ins Erzählen kommt, was? Ich ertappe mich auch ständig beim Nachdenken darüber, was bei dem Film heute anders gemacht werden müsste. Feuerblasen wären auf jeden Fall toll. Aber in dieser Szene? Ich weiß nicht. Die Flammen würden aus Sauerstoffmangel erlöschen, lange bevor der Ast den Weltraum erreicht hätte. Es muss schon einigermaßen realistisch bleiben. Die Flammenkugel ist vielleicht das schönere Bild, wenn du zeigen willst, wie weit die Menschen bei der Beherrschung des Feuers gekommen sind. Aber die Rückstoßflamme der startenden Rakete überzeugt mich mehr, jedenfalls an dieser Stelle im Film. Das Feuer in der Schwerelosigkeit muss irgendwann später kommen."

Suneetha dachte kurz nach.

„Vielleicht diskutieren die Astronauten später, auf dem Weg zum Jupiter, mit dem Bordcomputer darüber, inwieweit die Flammen lebendig sind oder nicht", schlug sie vor.

Bevor Mark antworten konnte, erklang eine Stimme aus dem Lautsprecher der Funkanlage.

„PPS ruft ISS. Herr Volkmann, hören Sie uns?"

Es war die Stimme eines jungen Mannes. Er sprach deutsch.

Das kam unerwartet.

„Die sind aber ganz schön früh dran", sagte Mark und prüfte auf dem Monitor die Uhrzeit. „Oh, nein, ich habe tatsächlich die Zeit vergessen."

Er wandte sich zum Funkgerät, aktivierte Kamera und Bildschirm, während Suneetha sich an ihren Arbeitsplatz zurückzog.

„Klar und deutlich", sagte er ins Mikrofon. „Hallo Erde, hier ist Mark Volkmann auf der Internationalen Raumstation. Einen Moment noch, gleich müssten ... ah, ich kann Sie sehen."

Auf dem Bildschirm erschien ein Jugendlicher, der ernst und konzentriert in die Kamera schaute. Im Hintergrund waren weitere junge Leute zu sehen. Ein kleines Fenster zeigte Mark selbst. Er winkte in die Kamera.

„Hallo noch mal. Der Empfang ist hervorragend. Wie haben Sie das geschafft?"

Der Blick des Jungen war auf einen Punkt unterhalb der Kamera gerichtet. Auf einmal hellte sich seine Miene auf, er lächelte.

„Jetzt sehen wir Sie auch. Hallo!"

Er hob die Hand. Die Personen um ihn herum winkten ebenfalls.

„Für den guten Empfang ist Konstantin verantwortlich. Er sagt, es sei kein Problem gewesen, die Nachführung der Antenne zu programmieren. Jetzt wirkt er auch immer noch ganz entspannt."

Er schaute zur Seite, die Kamera schwenkte in die gleiche Richtung. Hinter einer Front mit mehreren Monitoren war ein Kopf mit blond gelockten Haaren zu sehen, der sich in diesem Moment etwas nach oben reckte und lässig einen Arm hob.

„Hallo, Konstantin", sagte Mark. „Gute Arbeit!"

„Er garantiert uns 11 Minuten, mit etwas Glück 13 bis 14."

Die Kamera schwenkte wieder zurück. Der junge Mann hatte schwarzes, sorgfältig gekämmtes Haar und ein schön geschnittenes, leicht gebräuntes Gesicht. Seine Augen strahlten, er wirkte nicht aufgeregt. Die Rolle des Moderators hatten die Schüler offensichtlich gut besetzt. Ein Syrer, vermutete Mark, wahrscheinlich als kleines Kind mit einer der ersten Flüchtlingswellen nach Deutschland gekommen, er sprach nahezu akzentfrei.

„Mein Name ist Harun Arif", fuhr er fort und verneigte sich leicht. „Wir wollten die knappe Zeit nicht mit Fragen vergeuden, deren Antworten wir anderswo nachlesen können. Deswegen haben wir jedes Interview mit Ihnen gelesen, das wir finden konnten. Dabei fiel uns auf, wie sehr Sie immer wieder darauf drängen, Menschen zum Mars zu schicken. Lieber morgen als übermorgen, haben Sie wiederholt betont."

Gut recherchiert hatten sie also auch. Mark nickte, teils aus Anerkennung, teils zur Bestätigung.

„Ja, richtig. Das sollte unser nächstes Ziel im All sein. Dabei werden wir nicht einfach nur hinfliegen, sondern eine permanente Verbindung zwischen den Planeten herstellen. Viele der Experimente, die in den letzten Jahren und Jahrzehnten auf der Internationalen Raumstation durchgeführt worden sind, dienten der Vorbereitung einer solchen Mission. Wenn wir die Station jetzt stilllegen, ist der Flug zum Mars der logische nächste Schritt. Ansonsten wäre ein Großteil der bisher geleisteten Arbeit umsonst gewesen."

„Aber warum diese Eile? Das konnten wir nicht nachvollziehen. Wir haben viel darüber gesprochen und können nicht verstehen, warum eine bemannte Mission nun unbedingt so schnell erfolgen muss. Der Mars läuft uns doch nicht weg."

Mark lächelte. Das Gespräch lief viel besser als erwartet. Nicht das übliche Geplänkel mit den immer gleichen Fragen, wie es auf der Raumstation riecht und wie man sich in der Schwerelosigkeit die Zähne putzt. Er begann sich ein wenig zu entspannen.

„Nein, der Mars läuft so schnell nicht weg, das stimmt schon. Anders steht es allerdings um unsere Fähigkeiten, dorthin zu gelangen. Wir können die Raumfahrt nicht einfach einfrieren und irgendwann später wieder fortsetzen, als wäre nichts gewesen. Das ist eine unglaublich komplizierte Angelegenheit, deren Knowhow in den Köpfen und Händen aller Beteiligten steckt und ständig aktualisiert werden muss. Wenn wir das nicht weiter praktizieren, werden wir sehr schnell sehr viel verlernen."

Er ließ die Worte einen Moment wirken, ehe er fortfuhr.

„Die Raumstation hat uns 30 Jahre lang in Übung gehalten. Jetzt brauchen wir andere Ziele. Und da bietet sich der Mars einfach an. Er ist nah genug, um erreichbar zu sein, und weit genug entfernt, um eine Herausforderung darzustellen. Für einen Flug dorthin müssen wir uns sehr anstrengen. Aber es ist eine Aufgabe, bei deren Bewältigung wir viel lernen, an der wir wachsen können. Und nun haben wir dort auch noch starke Hinweise auf Leben gefunden!"

Er machte eine weitere kurze Pause, wie er es beim Redetraining gelernt hatte.

„Letztlich ist es ein großes Abenteuer. Die Menschen sind Forscher und Entdecker, die Neugier ist unsere Triebkraft. Wir wollen ständig weiterkommen, wollen wissen, was hinter dem Horizont liegt. So wie einst Christoph Kolumbus, nach dem das Weltraumlabor benannt ist, von dem aus ich mit euch spreche."

Bei Marks letzten Worten drehte Harun Arif den Kopf zur Seite und schien Blickkontakt mit jemandem in der Gruppe hinter ihm herzustellen. Dann sah er wieder in die Kamera.

„Herr Volkmann, auf das Thema wollten wir eigentlich später eingehen. Aber da Sie es jetzt angesprochen haben, möchte ich das Wort gerne an Juan David übergeben. Er ist seit einem halben Jahr als Austauschschüler bei uns und hat sich besonders mit diesem Aspekt beschäftigt."

Er räumte seinen Platz. Vor der Kamera erschien ein anderer junger Mann. Seine dicken, dunklen Haare hatte er zu einem Zopf gebunden. Er wirkte kräftiger als Harun und schien den Stuhl erst einmal zurechtrücken zu müssen, um ausreichend Platz zu finden. Der plötzliche Wechsel im Ablaufplan hatte ihn offenbar überrascht.

„Hallo, Juan David“, sagte Mark, um ihm die Nervosität zu nehmen. „Aus welchem Land kommen Sie? Südamerika?“

„Ja, Herr Volkmann.“

Es klang bei ihm ein wenig wie „Bolkmann“. Er sprach langsam, aber ohne zu stocken, klar und akzentuiert. „Ich komme aus Kolumbien. Mein Heimatland ist ebenfalls nach jenem Seefahrer benannt, der einst als Erster die Verbindung zwischen unseren Kontinenten hergestellt hat.“

Den Text hatte er auswendig gelernt, ganz klar. Gut so, dachte Mark. Alle exzellent vorbereitet. Wie Raumfahrer. Das musste er den Schülern unbedingt sagen.

„Als ich zum ersten Mal davon erfuhr, dass die Europäer diesem Mann ein Denkmal im Weltraum errichtet haben, habe ich es zuerst nicht glauben wollen. Cristóbal Colón als Vorbild für die Erkundung anderer Welten. Meinen Sie das wirklich ernst?“

Das kam unerwartet. Mark war für einen Augenblick sprachlos. Dann griff das Pressetraining. Zu Columbus konnte jeder ESA-Astronaut ein paar Sätze abspulen.

„Wir bewundern seine Tatkraft und seinen Mut, eine Reise ins Unbekannte zu wagen, nur gestützt auf seine Überzeugung, dass die Erde eine Kugel war. Die Entdeckung eines neuen, bis dahin völlig unbekannten Kontinents, hat die Welt verändert und eine neue Epoche eingeleitet. Wie die Seefahrer damals die Ozeane durchquerten und fremde Inseln erkundeten, wollen wir heute den Weltraum erforschen und zu anderen Planeten aufbrechen. Dieser Entdeckergeist beseelt uns auch. Ich denke, das ist ein guter Grund, das europäische Weltraumlabor nach Columbus zu benennen. Über ihn als Person oder seine sonstigen historischen Fehler und Verdienste will ich mir kein Urteil erlauben.“

„In meiner Heimat sehen wir das etwas anders. Wir haben nicht darauf gewartet, entdeckt zu werden. Columbus und alle nach ihm kamen als Eroberer."

„Davon kann heute natürlich keine Rede mehr sein", erwiderte Mark. „Klar, es gibt immer wieder Artikel oder Filme mit Titeln wie ‚Die Eroberung des Weltalls' oder ähnlich. Ich stutze dann immer, denn mit Eroberungen hat unsere Arbeit nun gar nichts zu tun. Wir sind Forscher, wollen lernen und unser Wissen vermehren. Vielleicht auch Abenteurer. Aber wir wollen niemanden erobern."

„Aber Mars ist Ausnahme? Wieso?"

Jetzt sprach der Kolumbianer keinen vorbereiteten Text mehr und wirkte gleich unsicherer.

Während Mark noch rätselte, was er meinen könnte, legte sich von hinten eine Hand auf Juan Davids Schulter und er räumte den Platz für eine junge Frau, die sich darum bemühte, ihre hübsche, eher zarte Erscheinung durch eine möglichst ernste, fast grimmige Miene zu kompensieren. Es schien sie anzustrengen, nicht zu lächeln, aber es gelang ihr.

„Wir verstehen nicht, wieso Sie zum Mars fliegen und ihn besiedeln wollen, wenn Sie sich so ausdrücklich gegen die Eroberung fremder Planeten aussprechen."

Marks Augen begannen zu brennen. Nach wie vor beeindruckte ihn, wie gut die Schüler als Team funktionierten, aber das Gespräch nahm einen Verlauf, der ihm nicht behagte. Er starrte auf den Bildschirm, nicht sehr lange, aber lange genug, sodass sich ein Tränenfilm auf den Augäpfeln bilden konnte, der in der Schwerelosigkeit nicht von selbst abfloss. Er blinzelte mehrmals schnell hintereinander und strich sich mit dem immer bereit hängenden Handtuch über die Augen.

„Entschuldigung", sagte er. „Ihr habt es geschafft, dass ich das Blinzeln vergessen habe. Das müssen wir hier oben öfter machen als auf der Erde, weil sich sonst die Tränenflüssigkeit in den Augen ansammelt."

Er hatte etwas Zeit gewonnen, konnte einmal Atem holen.

„Aber das zählt wahrscheinlich zu den Dingen, die ihr schon irgendwo gelesen habt. Also, der Mars. Wo ist da das Problem? Auf einem unbewohnten Planeten gibt es nichts zu erobern."

„Wie kommen Sie darauf, dass der Mars unbewohnt ist? Sie untersuchen doch auf der Raumstation gerade die dort gefundenen Lebensspuren."

„Das sind Spuren, wie Sie ganz richtig sagen. Hinweise, die darauf hindeuten, dass es auf dem Mars einmal Leben gegeben haben könnte. Es sind starke Hinweise, zugegeben, aber bewiesen ist bislang noch gar nichts."

„Es lässt sich aber auch nicht ausschließen, dass heute noch Leben auf dem Mars existiert."

„Nein", räumte Mark ein. „Das können wir nicht ausschließen. Es kann sich aber allenfalls um sehr primitives Leben handeln, auf der Stufe von Einzellern oder sogar noch darunter. Höher entwickelte Lebewesen oder gar eine technologische Zivilisation hätten wir längst entdeckt."

„Uns stört die Unterscheidung in primitives und höherwertiges Leben", sagte die Schülerin.

Mark fiel plötzlich auf, dass sie sich gar nicht mit Namen vorgestellt hatte.

„Auf die gleiche Weise", fuhr sie fort, „haben die Europäer die Ermordung amerikanischer Ureinwohner, die Zerstörung ihrer Kulturen und die Verschleppung von Afrikanern in die Sklaverei gerechtfertigt. Wir glauben, dass wir mit solchen Einstufungen sehr vorsichtig sein müssen und jeglichem fremden Leben mit dem größtmöglichen Respekt begegnen sollten."

Oha. Jetzt näherten sie sich einer kritischen Zone, in der ein falsches Wort viel Schaden anrichten konnte. Mark überlegte, wie er am besten das Thema wechseln konnte.

„Insbesondere wenn wir ein Weltraumlabor mit dem Namen Columbus betreiben", schob die Schülerin nach. „Wir sehen darin ein Mahnmal, uns genau zu überlegen, welche Traditionen wir im Weltall fortsetzen wollen und welche nicht. Gewaltsame Landnahme halten wir nicht für erhaltenswert."

„Nein ...", sagte Mark zögernd.

Er wollte nicht darüber reden, hatte aber keine Idee, wie er das Gespräch wieder auf sicheres Gelände lenken konnte.

„Das ist sicherlich richtig ... Aber wir nehmen den Bakterien, die es auf dem Mars vielleicht noch gibt, doch nichts weg. Es erscheint mir übertrieben, den Naturschutz so weit auszudehnen."

Er schaute zu Suneetha. Vielleicht war dies der Moment, auf ihr Angebot zurückzukommen und sie einzubeziehen.

Bevor er sie ansprechen konnte, ergriff jedoch die Schülerin wieder das Wort.

„Wie können Sie sich da so sicher sein? Wir wissen doch noch gar nichts über die Marsbewohner. Sie mögen auf den ersten Blick wie irdische Bakterien wirken, sind aber vielleicht etwas völlig anderes. Vielleicht stehen sie alle miteinander in Verbindung und bilden einen Superorganismus. Wenn Menschen dort landen, könnten sie ungewollt großen Schaden anrichten. Wir wollen nicht, dass der Mars besiedelt wird wie einst der amerikanische Kontinent. Bevor jemand dorthin fliegt, müssen wir mehr über das Leben auf dem Mars erfahren."

Waren die elf Minuten nicht langsam um? Mark sah auf die Uhr, aber er wusste nicht mehr, wann genau das Gespräch begonnen hatte.

„Nun", sagte er, „ich sehe, dass ihr euch intensiv mit dem Thema beschäftigt habt. Ihr habt euch auch exzellent auf dieses Gespräch vorbereitet. Ich bin sehr beeindruckt."

Den Interviewpartner direkt ansprechen, ihm schmeicheln. Auch das war eine Möglichkeit, kritische Situationen zu umschiffen.

„Ist euer Lehrer eigentlich gar nicht da?"

„Sie meinen Frau Wilkens. Doch, die ist hier, wollte sich aber eigentlich nicht einmischen. Wollen Sie mit ihr sprechen?"

Fast im gleichen Moment, in dem Mark die Frage bejahte, kam eine Frau ins Bild, die etwa Mitte dreißig sein mochte und über das ganze Gesicht strahlte.

„Hallo, Herr Volkmann. Schön, dass wir auch ein paar Worte wechseln können. Obwohl ich meinen Schülern nicht die wertvolle Zeit stehlen will. Ich finde auch, dass sie das sehr gut machen, und bin sehr stolz auf sie."

Sie machte eine kurze Pause.

„Auch auf Sie da oben. Sie leisten eine sehr wichtige Arbeit."

Das Bild fror ein, für ein oder zwei Sekunden war nur Rauschen zu hören. Dann kamen ruckartig weitere Standbilder.

„... len Dank ... legenheit ... nen zu sprech ..."

Rauschen.

Für einen Moment war noch die Lehrerin in einer seltsamen, erstarrten Pose zu sehen, die Lider geschlossen, den Mund leicht schief geöffnet, mitten im Reden. Dann war das Bild weg, die Verbindung abgerissen.

Suneetha, die Marks versuchte Kontaktaufnahme zu ihr bemerkt hatte, hatte sich vorsichtig angenähert und berührte ihn jetzt leicht an der Schulter.

„Und? Wie war's?", fragte sie.

„Ungewöhnlich", sagte Mark. „Ganz anders als erwartet." Er überlegte kurz. „Aber sie waren gut, wirklich gut. Das muss man ihnen lassen."

„Ich konnte kaum etwas verstehen", sagte sie. „Aber der Klang deiner Stimme verriet, dass das alles andere als ein gewöhnliches Gespräch war. Du musst mir später mehr davon erzählen."

Sie deutete zu ihrem Experiment. „Jetzt solltest du dir erst mal etwas ansehen. Bei deinen Flammenexperimenten ist mir etwas aufgefallen. Es gibt da eine merkwürdige Übereinstimmung mit den Proteinkristallen."

13

Mit ihrer Idee, jeden Montag ein öffentliches kostenloses Training anzubieten, war Klara bei den Direktoren des Astronautenzentrums sofort auf Zustimmung gestoßen. Sie sahen darin eine neue, willkommene Facette in der Öffentlichkeitsarbeit, anders als die üblichen Pressekonferenzen, Vorträge oder Diskussionsveranstaltungen. Zugleich war es für Klara selbst eine gute Gelegenheit, neue Erfahrungen mit sehr unterschiedlichen Menschen zu sammeln.

Den Spaß am Sport zu vermitteln, sah sie als eine ihrer Hauptaufgaben an. Das war nicht immer so leicht wie bei Mark, bei dem sie damit offene Türen eingerannt hatte.

Junge Leute wie die, die jetzt vor ihr standen, um in die Grundlagen des Karate eingeführt zu werden, waren häufig schwieriger zu motivieren. Die Gratwanderung zwischen Aufmunterung und Korrektur, Fordern und Laufenlassen war schwierig. Einen trägen, verträumten Jungen anzufeuern und ihn an seine Leistungsgrenze zu bringen, konnte etwas in Gang setzen, weil er selbst mit Erstaunen und mit Freude entdeckte, wozu er fähig war. Es konnte ihn aber auch zutiefst enttäuschen und die

Lust am Sport für immer ersticken, wenn sie ihn überforderte.

Ein guter Trainer musste immer auch ein guter Menschenkenner sein. Und diese Menschenkenntnis musste ebenso regelmäßig trainiert werden wie der Körper.

„Ablenken, nicht blocken."

Sie machte eine Abwehrbewegung vor, indem sie die Arme vor der Brust kreuzte und dann gleichzeitig den oberen zurückzog, während sie mit dem anderen einen Halbkreis nach außen beschrieb.

„Wie ein Scheibenwischer. Ihr drückt den Angreifer zur Seite, ein kleines Stück nur, sodass der Schlag vorbei geht."

Gemeinsam mit dem Träger eines orangenen Gurtes, der einen Fauststoß auf sie ausführte, demonstrierte sie den Sinn der Bewegung. Dann ließ sie die Teilnehmer zu zweit die Technik üben und schaute sich an, wie sie damit zurechtkamen.

Das Montagstraining war heute gut besucht, ungefähr so viele Männer wie Frauen. Es waren ein paar Weißgurte dabei, die erst am Anfang des Trainings standen, aber ungeschickt stellte sich niemand an. Dann konnte sie später auch Kata trainieren. Diese vorgegebenen Bewegungsabfolgen, bei denen Angriffs- und Abwehrtechniken im Kampf gegen einen imaginären Gegner kombiniert wurden, lernte man am besten durch Zuschauen und Mitmachen, und es waren genügend erfahrene Teilnehmer da, an denen sich Neulinge orientieren konnten.

Karate war Klaras Lieblingssportart, die daher auch beim Montagstraining meistens im Mittelpunkt stand. Gelegentlich stellte sie den Abend aber auch unter ein bestimmtes Thema. Dann ging es zum Beispiel um Übungen, mit denen Astronauten sich auf ihre Missionen vorbereiteten oder in der Schwerelosigkeit fit hielten. Manchmal nahmen auch

Astronauten selbst oder andere prominente Gäste teil. Dann mussten sie das Training meistens in eine größere Halle verlegen.

Einmal hatte ihr das ARED der US-Kollegen zur Verfügung gestanden, das „Advanced Resistive Exercise Device", das seit mittlerweile 20 Jahren auf der Raumstation für gezieltes Muskeltraining genutzt wurde. Damit ließen sich auch in der Mikrogravitation Kniebeugen, Wadenheber und Gewichthebeübungen durchführen. Das Körpergewicht, das auf der Erde für den nötigen Widerstand sorgte, wurde dabei durch Dämpfer in den Teleskopstangen und durch Schwungräder ersetzt. Das Gerät war auf großes Interesse gestoßen, obwohl es unter Schwerkraftbedingungen anders wirkte als im All.

Andere Apparate, mit denen Astronauten im All trainierten, hatte Klara bei den berühmt-berüchtigten Parabelflügen in vorübergehender Schwerelosigkeit selbst ausprobieren können. Natürlich waren die gut 20 Sekunden Mikrogravitation, die während eines solchen Sturzflugs aus acht Kilometern Höhe erzeugt wurden, kein Vergleich zu den Anforderungen, denen die Raumfahrer monatelang im Orbit ausgesetzt waren. Aber sie vermittelten ihr immerhin ein Gefühl, was es bedeutete, mit elastischen Bändern auf ein Laufband gedrückt zu werden statt durch das eigene Gewicht. Oder auf einem Fahrrad zu strampeln, von dem man wegschweben würde, wenn man sich vorher nicht ordentlich befestigte.

Alle bisher entwickelten Trainingsgeräte hatten indessen wenig daran ändern können, dass die meisten Astronauten die zwei Stunden Fitnesstraining, die sie täglich absolvieren mussten, als lästige Pflichtübung ansahen. Exoskelette mochten daran vielleicht etwas ändern und Marks Bemerkungen dazu beim heutigen Gespräch hatten Klara in dem Glauben daran bestärkt.

Wenn sie sich so weit entwickeln ließen, dass sie nicht mehr als spezielle Sportausrüstung wahrgenommen würden, sondern als eine Art Bordkleidung in Raumschiffen, bekäme auch der Sport eine neue Bedeutung. Dann würden die Menschen sich auch im Weltraum wieder körperlich verausgaben, weil es ihnen Spaß brachte und es unmittelbar ihrem Wohlbefinden diente, nicht weil sie es mussten, um auf die Rückkehr zur Erde vorbereitet zu sein.

So wie die Karateschüler beim Montagstraining, denen sie jetzt die erste Gekisai-Kata zeigte.

„Ihr macht einfach mit, so gut es geht", sagte sie den Weißgurten. „Vermischt euch gut mit den anderen."

Das lief schon auf Anhieb recht glatt. Der Bewegungsablauf war offenbar allen schon vertraut. Bei der Abfolge der Techniken kam niemand durcheinander. Da konnte sie ein wenig ins Detail gehen.

„Das sieht alles sehr gut aus", sagte sie nach zwei Durchgängen. „Worauf ihr noch etwas mehr achten könntet, ist der Rhythmus, der Wechsel von Dynamik und Ruhe."

Sie machte eine Sequenz aus der Kata vor.

„Mit den beiden Abwehrtechniken bringt ihr Ruhe in die Sache. Sie sollten langsam und kontrolliert ausgeführt werden, als ob sie am Körper kleben würden. Dann kommt die Explosion."

Blitzschnell stieß sie den Fuß nach vorn, gefolgt von einem Stoß mit dem Ellbogen und einem peitschenartigen Hieb mit dem Handrücken. Nach einer winzigen, kaum wahrnehmbaren Pause wehrte sie ebenso schnell mit einer kreisförmigen Armbewegung einen imaginären Angriff ab und konterte mit einem Fauststoß.

„Sich rhythmisch zu bewegen, heißt nicht, dass ihr einem gleichmäßigen Takt folgt", erklärte sie und wandte sich wieder ihren Schülern zu. „Eure Bewegungen dürfen für den

Gegner nicht auszurechnen sein. Ihr folgt keinem Takt, ihr gebt ihn vor. Achtet noch mal darauf."

Mark, mit dem sie diese Kata vor seinem Raumflug auch schon einmal geübt hatte, hatte diese letzte Aussage bezweifelt.

„Ich kann allenfalls versuchen, den Takt zu bestimmen", hatte er eingewandt. „Wenn die anderen nicht mitmachen, sehe ich alt aus."

„Sieh es als Ausdruck der Willensstärke", hatte sie erwidert. „Du gehst in den Kampf, um ihn zu gewinnen. Natürlich will dein Gegner das auch. Aber der letzte Paukenschlag muss von dir kommen. Idealerweise beginnt und endet der Kampf mit diesem einen Schlag oder einem kurzen Wirbel. Dein Gegner wird das nicht zulassen wollen und versuchen, dir seinen Rhythmus aufzuzwingen. Wie reagierst du, wenn bei der Musik jemand aus der Reihe tanzt?"

Er hatte überlegt.

„Das kommt auf die Situation an. Es macht einen Unterschied, ob du vor Publikum ein ausgefeiltes Programm präsentierst oder ob du beim gemeinsamen Improvisieren Ideen entwickelst."

„Wie ist es bei der Improvisation?"

„Wenn sich jemand verspielt, mit einem Akzent einen Vierteltakt daneben gelegen hat, greife ich das auf, liege ebenfalls daneben und lasse den Patzer so klingen, als wäre er beabsichtigt gewesen. Manchmal entstehen aus solchen spontanen Reaktionen ganze Stücke."

„Die Aktion des anderen kommt für dich überraschend." Klara nickte zustimmend. „Du folgst ihr, wenn auch nur ein kleines Stück, und fügst sie wieder deinem Takt ein. So kannst du auch kämpfen: Mach dir die Bewegungen des Gegners zunutze, füge sie in deine Choreographie ein."

„Aber meine Mitspieler sind doch nicht meine Gegner", hatte Mark widersprochen. „Es kann auch sein, dass ich den anderen folge. Wenn ich mitbekomme, dass der Gitarrist gerade zu einem fantastischen Trip abhebt und offenbar keine Ohren mehr für die anderen hat, werde ich versuchen, ihn auf seinem Höhenflug zu begleiten und nicht nur vor dem Absturz zu bewahren, sondern womöglich gut aussehen zu lassen, indem ich seine rhythmischen Eskapaden in raffinierte Synkopen verwandle."

Seine Augen hatten geleuchtet.

„Wenn so etwas gelingt und wir am Ende gemeinsam wieder runterkommen – großartig! Aber das hat nichts mit Kampf zu tun."

„Die Zielsetzung ist eine andere", hatte Klara gesagt. „Die Techniken sind die gleichen. Jetzt stell dir eine Bühnenshow vor, perfekt choreographiert mit mehreren Tänzern. Wenn hier jemand aus der Reihe tanzt, kann das in einer mittleren Katastrophe enden. Wie reagierst du, wenn hier jemand aus dem Takt kommt?"

„Nach Möglichkeit gar nicht. Und wenn der Musiker nicht von selbst gleich zurückfindet, wende ich, denke ich, die gleichen Methoden an wie bei der Improvisation, nur viel klarer und entschiedener."

Klara hatte zufrieden gelächelt.

„In diesem Moment ist er dein Gegner. Du kämpfst mit ihm um die musikalische Vorherrschaft und musst dich durchsetzen. Dafür verfügst du über ein Repertoire an Techniken, auf die du schnell und intuitiv zugreifen kannst."

Sie hatte ihre offenen Hände ausgestreckt, als wolle sie unterstreichen, dass es keine weiteren Tricks gäbe.

„Das ist beim Nahkampf nicht anders, du musst genauso intuitiv reagieren, ohne nachzudenken."

Mark schien überzeugt, hatte aber nichts gesagt. So hatte

er die Sache noch nicht betrachtet und den Gedanken erst einmal verarbeiten müssen.

Natürlich, hatte Klara nachgeschoben, stehe bei einem realen Zweikampf mehr auf dem Spiel als beim gemeinsamen Musizieren.

„Wenn du nicht aufpasst, musst du mit Schmerzen und schweren Verletzungen rechnen. Es ist viel mehr Angst mit im Spiel, die deine Intuition vergiften und deine Reaktionen lähmen kann. Wenn du sie nicht beherrschst, kannst du auch deinen Gegner nicht beherrschen. Aber ich denke, du kannst viel aus der Musik in die Kampfkunst übertragen."

Sie hatten vereinbart, den Gedanken nach seiner Weltraummission weiter zu verfolgen. Mark hatte Feuer gefangen, das war deutlich zu erkennen gewesen. Aber vor dem Flug zur Raumstation war zu wenig Zeit geblieben, um so intensiv zu trainieren, wie es notwendig gewesen wäre, um Mark die Vertrautheit mit den Kampftechniken des Karate zu vermitteln, die er brauchte, um mit vergleichbarer Sicherheit agieren zu können, wie er es als Musiker tat.

„Wenn ich zurück und wieder fit bin, komme ich regelmäßig in dein Montagstraining", hatte er versprochen.

Während die Teilnehmer des heutigen Trainings die letzten Schritte der Kata absolvierten, erinnerte sich Klara an Marks Versprechen und schmunzelte. Wenn er hier demnächst mit trainierte, würde es wahrscheinlich schnell eng werden. Aber er würde einfach immer wieder kommen, bis sich die Aufregung legte. Wenn jemand stur genug war, das durchzuziehen, dann Mark.

„Yame!", rief sie ihren Schülern zu. „Genug für heute."

14

Juri hatte die gesamte Besatzung zusammengerufen, um über Suneethas Entdeckung zu beraten.

„Die Unregelmäßigkeiten im Verbrennungsversuch deuten auf einen externen Einfluss, möglicherweise eine heftige Erschütterung von extrem kurzer Dauer", trug er die Einschätzung der Bodenkontrolle vor. „Wir arbeiten an der virtuellen Rekonstruktion des Vorgangs und rechnen mit genaueren Ergebnissen in etwa zwei Stunden. Da es ansonsten keinerlei Anzeichen für eine erhöhte Gefährdungslage gibt, sehen wir keine Veranlassung für eine erhöhte Alarmstufe."

Er drehte sich so, dass er alle im Blick hatte.

„Sehen wir das auch so?"

Nick brach zuerst das Schweigen.

„Wir werden jetzt ohnehin alle noch aufmerksamer sein. Ansonsten können wir nichts tun. Es gibt keinerlei Hinweise auf Systemfehler oder Störungen, alles läuft rund. Alles was wir haben, ist eine wackelnde Flamme."

„Und pulverisierte Proteinkristalle", wandte Suneetha ein.

„Auch das", bestätigte Nick. „Die zeitliche Nähe der beiden Ereignisse lässt auf eine gemeinsame Ursache schließen, die wir erforschen müssen. Warten wir die Ergebnisse ab. Solange wir nichts Genaueres wissen, sollten wir so weitermachen wie bisher."

Er schaute in die Runde.

„Oder kennt ihr besondere Vorsichtsmaßnahmen, die wir jetzt ergreifen könnten?"

Nein, dazu waren die von Suneetha beobachteten Vorgänge zu rätselhaft.

Als sie gemeinsam mit Mark die Aufzeichnungen der Flammenexperimente betrachtet hatte, war ihnen beiden einmal ein leichtes Flackern aufgefallen. War da eine Druckwelle durch die Flammenkugel gejagt? Die Zeitlupenwiedergabe gab keinen eindeutigen Aufschluss. Mark vermutete eine Vibration und machte eine Notiz für das Forschungsteam. Suneetha merkte sich den genauen Zeitpunkt, zu dem dieser Versuch stattgefunden hatte.

Während Mark das Gespräch mit der Schulklasse führte, hatte sie sich dann noch einmal die Daten des misslungenen Kristallisationsversuchs angesehen. Es ließ sich nicht auf die Minute genau ermitteln, wann die Kristalle zusammengebrochen waren, aber die Oszillation beim Flammenexperiment war auf jeden Fall während der Kristallisierung von Oxiaplanumase-88 aufgetreten.

Hier oben, in dieser künstlichen Welt, diesem Paradies für Kontrollfreaks, wo alles überwacht und geregelt wurde, waren Irregularitäten und rätselhafte Erscheinungen aller Art tendenziell bedrohlich. Als besonders beunruhigend hatte Mark es empfunden, dass die übrigen Sensoren der Raumstation nichts aufgezeichnet hatten. Doch Juri hatte sogleich widersprochen.

„Das kannst du ebensogut als gutes Zeichen sehen. Wenn der Stoß, den die Station offenbar empfangen hat, unterhalb der Wahrnehmungsschwelle lag, war er höchstwahrscheinlich auch unter der Gefährdungsschwelle."

Die zeitliche Nähe der beiden Ereignisse war bemerkenswert, aber nicht besorgniserregend. Darin waren sie sich rasch einig, nachdem Suneetha und Mark ihre beiden Gefährten über die Beobachtungen informiert hatten. Ebenso schnell löste sich die Einigkeit wieder auf, als sie begannen, über mögliche Ursachen zu spekulieren.

„Es muss ein extrem kurzer Impuls gewesen sein", vermutete Nick. „Deutlich unter einer Mikrosekunde. Ansonsten hätten ihn die Sensoren der Raumstation registriert."

„Das mag sein", sagte Mark. „Dafür war die Intensität offenbar umso höher, wenn er die Kristalle so restlos zerstören konnte. Aber müssten wir dann nicht Spuren von sekundären Vibrationen finden? Der eigentliche Impuls selbst mag der Sensorik entgangen sein, aber er muss doch Schwingungen hervorgerufen haben, die länger andauerten."

„Möglich", stimmte Juri zu. „Das werden die unten sicherlich genau untersuchen. Es mag aber vielleicht auch ein lokales Ereignis gewesen sein. Die Wirkung beschränkte sich möglicherweise auf das Columbus-Modul – oder sogar nur auf die Experimente. Wir wissen auch nicht, ob die flackernde Flamme und die krachenden Kristalle wirklich etwas miteinander zu tun haben. Das zeitliche Zusammentreffen könnte Zufall sein."

„Ein lokales Ereignis, hm?" Suneetha griff den Gedanken auf. „Meinst du, Columbus könnte von einem Meteoriten oder einem Stück Weltraumschrott getroffen worden sein?"

„Trümmer von Envisat womöglich", sagte Mark. „Das hieße dann, wir zerlegen uns weiter selbst im Weltraum. Aber eigentlich müssten sich die Bruchstücke doch noch in Höhen weit über uns bewegen, oder?"

Juri nickte. „Die katalogisierten Teile, die sich beobachten und verfolgen lassen, sind bislang noch keine Gefahr. Über die kleineren Trümmer, die maximal ein paar Zentimeter Ausdehnung haben, wissen wir allerdings weniger. Sie haben sicher stärker gestreut. Ausschließen lässt es sich nicht, dass sich der eine oder andere Splitter bis zu uns verirren könnte."

„Das wäre mir ausgesprochen peinlich", sagte Mark. „Envisat war schließlich ein europäischer Satellit. Und er hätte eigentlich längst aus der Gefahrenzone entfernt sein sollen.

Wenn ausgerechnet der uns jetzt Probleme bereiten sollte, hätte das schon eine gewisse Ironie."

Die anderen schwiegen einen Moment. Natürlich kannten sie alle die Geschichte. Envisat war einst das Flaggschiff der europäischen Erdbeobachtungssatelliten gewesen, ein 25 Meter langer und acht Tonnen schwerer Koloss, der einige Jahre lang Umweltdaten gesammelt hatte, bevor im Jahr 2012 der Kontakt zu ihm verloren ging und der unkontrolliert um die Erde kreisende Brocken selbst zum Umweltproblem wurde.

Es hatte Pläne gegeben, ihn mit einem Roboterarm einzufangen und gezielt zum Absturz zu bringen. Doch dann sorgte die Entdeckung der Marsproteine für massive Umschichtungen in den Raumfahrtbudgets. Wie viele andere Missionen musste auch die zur Entsorgung von Envisat auf einmal mit deutlich geringeren Mitteln auskommen und ihren Zeitplan entsprechend strecken. Als der Satellit dann Ende 2024 durch die Kollision mit einem Trümmerteil in seine Einzelteile zerlegt wurde, war ohnehin alles zu spät.

„Glaubst du wirklich", fragte Nick, „dass irgendeine Raumfahrtnation anders gehandelt hätte? Das ist kein spezifisch europäisches Problem. Und du musst es schon gar nicht persönlich auf deine Kappe nehmen."

Mark ließ sich nicht so leicht beschwichtigen.

„Ich würde mir trotzdem wünschen, dass wir dort oben entschlossener aufräumen. Die Situation im 800-Kilometer-Orbit ist durch die Kollision ja nicht besser geworden, im Gegenteil. Wollen wir warten, bis auch alle Zenit-2-Oberstufen zertrümmert sind und der Orbit komplett unbrauchbar geworden ist? Aber den Dreck anderer Leute wegzuräumen, kommt für das stolze Europa wohl nicht in Frage."

„Habt ihr schon einmal überlegt", brachte Juri das Gespräch aufs eigentliche Thema zurück, „dass die Ursache für die Störung vielleicht nicht draußen zu suchen ist, sondern hier drinnen?"

„Der Zerfall der Proteinkristalle könnte durchaus in den Molekülen selbst angelegt gewesen sein", sagte Suneetha und versicherte, dass auch diese Möglichkeit mithilfe von Simulationen am Boden überprüft werde.

Einen Fehler in der Anlage zur Kristallzucht könnten sie bislang ebensowenig ausschließen.

„Aber ich kann mir beim besten Willen nicht vorstellen, wie so ein Fehler die Verbrennung im mehrere Meter entfernten Flammenexperiment stören sollte."

Sie dachte kurz nach.

„Nein, eine externe Störung scheint mir nach wie vor wahrscheinlicher."

Niemand widersprach. Nach einer Weile ergriff Juri wieder das Wort.

„Und wenn es keine im engeren Sinn physische Ursache gäbe? Liegt der Fehler vielleicht im System? Meldet uns der Computer eine Störung, die es in Wirklichkeit gar nicht gegeben hat?"

„Das wäre das beunruhigendste Szenario", sagte Nick. „Auf das Computersystem müssen wir uns hundertprozentig verlassen können, sonst könnten wir gleich aufhören."

Er stutzte, als er das Lächeln bemerkte, das Juris Mundwinkel umspielt.

„Aber du glaubst offenbar selbst nicht wirklich daran, oder?"

Juri wurde sogleich wieder ernst.

„Ein Computerfehler ist wohl eher unwahrscheinlich", gab er zu. „Aber ausschließen können wir ihn nicht. Solange wir nichts Genaueres wissen, müssen wir auch diese Möglichkeit in Betracht ziehen."

Das Lächeln kehrte in sein Gesicht zurück.

„Mir war nur gerade aufgefallen, wie eng wir schon wieder Kubricks Drehbuch folgen. Ist es nicht erstaunlich, was dieser Bursche damals schon alles vorausgesehen hat? Vor 60 Jahren! Da waren Computer noch träge Rechenmaschinen, die unglaublich viel Platz und Energie verbrauchten und ständig gekühlt werden mussten."

Suneetha nickte zustimmend.

„Wenn uns der Bordcomputer die Störung nur vorgetäuscht haben sollte, weil er damit eigene Pläne verfolgt und uns loswerden will, wäre das in der Tat eine verblüffende Parallele. Aber bislang sprechen wir ja nicht einmal mit unserem Rechner, und er singt uns auch keine Lieder vor. Nein, ich denke, ein Komplott intelligenter Maschinen ist sicherlich das Letzte, was uns droht. Außerdem kann ich beim besten Willen nicht erkennen, welche Strategie der Computer mit dieser Manipulation der Experimente verfolgen könnte."

„Aber genau das macht doch die Superintelligenz aus!", wandte Nick ein. „Ihre Gedankengänge sind für uns kleine Menschlein mit unserem beschränkten Verstand nicht mehr nachvollziehbar. Hinter diesen scheinbar sinnlosen Aktionen könnte eine Absicht stecken, die sich uns erst viel später erschließt – vielleicht auch niemals."

Juri breitete die Arme aus, um anzudeuten, dass die Besprechung beendet war. Es war gut gelaufen, fand er. Sie hatten offen über alles gesprochen, die Situation realistisch eingeschätzt, das weitere Vorgehen geklärt. Und der Schwenk zum Kino, der ihm tatsächlich ganz spontan eingefallen war, hatte zum Schluss wieder für eine gelöstere Stimmung gesorgt.

„Lasst uns darüber beim Essen weiter reden", sagte er. „Und seid bitte pünktlich: Es gibt heute etwas ganz Besonderes."

15

Bevor Pflanzen ins Weltall reisen durften, mussten sie sich einem ähnlich rigiden Auswahlprozess unterziehen wie Menschen. Um als deren Begleiter bei Langzeitmissionen in die engere Wahl zu kommen, etwa auf einer Reise zum Mars, hatten sie idealerweise kurze Stengel, um Platz zu sparen. Sie wuchsen kräftig, auch bei wenig Licht, hatten nur wenige ungenießbare Bestandteile und waren sehr widerstandsfähig gegen Krankheitserreger.

Aber egal, wie nah die Nahrungs- und Sauerstoffspender diesem durch technische Grenzen geprägten Ideal kamen, sie waren immer eine Freude für die Sinne. Das Grün beruhigte die Augen, die Luft bekam eine einzigartige Frische, und die Berührung der Blätter konnte Juri manchmal regelrecht elektrisieren. Das Gewächshaus war von Anfang an sein liebster Aufenthaltsort auf der Raumstation gewesen. Als ihn die Nachricht von Suneethas Beobachtung erreichte, war er hier mit der Vorbereitung des Abendessens beschäftigt gewesen.

In dem Modul, das als letztes an die Raumstation angedockt hatte und sich morgen als erstes wieder von ihr lösen sollte, liefen einige Zuchtexperimente, bei denen die Wachstumsbedingungen in eigenen kleinen Gewächshäusern minutiös kontrolliert wurden. Diese Pflanzen rührte Juri nicht an.

Die meisten wuchsen jedoch frei zugänglich. Das war eine Bedingung der Kosmonauten gewesen, die bei der Entwicklung des Moduls zu Rate gezogen worden waren. Es sollte ein Ort zum Wohlfühlen sein, der nicht nur unter dem Gesichtspunkt der optimalen Ausbeute von Nahrung, Wasser und Atemluft gestaltet war. In einer so stark technisch gestalteten Umgebung wie der Raumstation, wo jedes noch so kleine Detail genau durchdacht war und alles überwacht und geregelt wurde, bereitete kaum etwas so viel Wohlbehagen wie eine Pflanze, die sich diesem Kontrollwahn entzog, indem sie einfach wuchs.

Pflanzen waren für Juri weit mehr als nur Sauerstoff- und Nahrungsgeneratoren, die ihre Aufgabe fernab in einer entlegenen Kammer erfüllen konnten, gesteuert, überwacht und optimiert durch ausgeklügelte Computerprogramme. Es waren Lebewesen, Partner des Menschen, die mit dem ihnen gebührenden Respekt behandelt werden mussten.

Zu seinen frühesten Erinnerungen zählte ein Frühlingsspaziergang auf einer Wiese, die voller gelb blühender Blumen war. Er war begeistert gewesen von den Blüten, die zu strahlen schienen. Viele winzige gelbe Streifen strebten zum Blütenrand, in der Mitte etwas dunkler als außen, und wirkten so kraftvoll, so lebenslustig wie lauter kleine Sonnen inmitten das saftigen Grüns.

Ganz vorsichtig hatte Juri seine Füße aufgesetzt, bemüht, keines dieser wunderschönen Geschöpfe zu zertreten. Als er sah, wie die Erwachsenen achtlos über die Wiese stapften und dabei zahllose Blumen knickten oder ganz herausrissen, hatte er protestiert.

„Das ist doch nur Löwenzahn", hatten sie gesagt.

Er hatte das nicht begreifen können und zu weinen begonnen. Sie hatten gelacht.

Pflanzen durften in Weltraumsiedlungen nicht ausgegrenzt werden, dachte Juri jetzt, sondern mussten ihren Platz mitten im gesellschaftlichen Leben finden. Pflanzliche und tierische Lebewesen waren aufeinander angewiesen, versorgten sich gegenseitig mit lebensnotwendigen Stoffen.

Das sollte stets und überall sichtbar sein, fand er. Eine Zukunft ohne Pflanzen, ohne die Möglichkeit, an einer Blüte zu schnuppern, ein Blatt zwischen den Fingern zu reiben oder sich einfach an den vielen Schattierungen der Farbe Grün zu erfreuen, erschien ihm nicht erstrebenswert.

Juri sprach mit den Pflanzen. Gartenarbeit hatte ihm schon immer Freude bereitet, aber hier im All hatte er Pflanzen noch einmal ganz anders als Gefährten schätzen gelernt. Das Gewächshaus war für ihn eine Stätte der Begegnung, wo er sich mit guten Freunden traf. Es waren verlässliche Freunde, niemals ungeduldig, die ihm stets gaben, was er brauchte, und um deren Wohlergehen er sich im Gegenzug gerne kümmerte.

Er musste ihnen kein Wasser geben, das geschah automatisch, ebenso die Versorgung mit Nährstoffen und Licht. Die Wurzeln steckten in Hydrokulturen oder wurden in aeroponischen Systemen direkt mit Nährlösung besprüht. In der Schwerelosigkeit garantierte das eine effektivere Versorgung der Pflanzen als der traditionelle Anbau in Muttererde. Die Belüftung wurde ebenfalls künstlich geregelt, da es ohne Gravitation auch keine natürliche Konvektion gab, bei der warme Luft nach oben stieg und kalte nach unten sackte. Für den Grundbedarf der Pflanzen war also gesorgt. Aber wie es ihnen ging, ob sie sich gut entwickelten oder ob ihnen etwas fehlte, das konnte kein Sensor so gut erkennen wie Juri mit dem „grünen Daumen".

Er sah es, wenn das Grün der Blätter nicht so kräftig war, wie es hätte sein sollen. Er bemerkte braune Flecken bereits im frühesten Stadium. Er spürte, woran es seinen Lieblingen mangelte – oder ob sie überversorgt waren und vielleicht stärker aufs Trockene gesetzt werden mussten. Und manchmal half es schon, ihnen einfach gut zuzureden.

Der Weizen machte sich sehr gut, näherte sich der Reifephase. Das bedeutete, dass er sich braun verfärben und die Sauerstoffproduktion einstellen würde. Die Anbaufolge im Gewächshaus war so abgestimmt, dass dies durch andere Pflanzen aufgefangen wurde. Etwa durch die Blattsalate, die ein gutes Stück entfernt vom Weizen in einem eigenen Bereich mit erhöhter Luftfeuchtigkeit verwöhnt wurden und denen es offensichtlich gut ging. Juri prüfte sie und entschloss sich, einen der Salate für das Abendessen zu ernten.

Die Kartoffeln ließen ihn allerdings die Stirn runzeln.

„Was fehlt euch, meine Kleinen?", fragte er, ohne eine Antwort zu erwarten.

Pflanzen sprachen nicht, sie teilten sich auf andere Weise mit, die nicht jeder verstand. Juri schon. Er befühlte die Stengel, schnupperte an den Blättern, rieb sie zwischen den Fingern. Die Versorgungssysteme waren für die jeweilige Pflanzenart optimiert, aber jede Pflanze war ein Individuum mit eigenen Bedürfnissen. Und die Kartoffeln brauchten möglicherweise mehr Stickstoff als vom Computer vorgesehen. Juri erhöhte am Terminal behutsam die Nitratzufuhr und wandte sich erneut den Kartoffeln zu.

„Euch fehlt gute, saftige Erde, stimmt's? Schwere dunkle Erde und ein klares Gefühl für oben und unten."

Er schaute die Pflanzen an und nickte langsam mit dem Kopf.

„Mir auch. Aber ihr werdet eines Tages wieder Wurzeln schlagen können, statt so orientierungslos im Raum hängen zu müssen. Auf dem Mond, dem Mars. Oder vielleicht in einer rotierenden Raumstation? Nur Mut."

Eine bodenständige Frucht, dachte Juri, aber auch sehr eigenwillig. Ihre besonderen Empfindlichkeiten erlebte er hier oben ganz neu. Die Beobachtungen im Treibhausmodul bestärkten ihn in seiner Überzeugung, dass das Geheimnis des Lebens trotz langer, intensiver Forschung kaum ansatzweise gelüftet war. Zugleich gab es kaum einen besseren Ort, dem Rätsel auf die Spur zu kommen, als diesen hier, an dem sich die Lebensbedingungen so umfassend kontrollieren ließen wie nirgendwo sonst.

Den Ursprung und das Wesen des Lebens, davon war Juri überzeugt, würden die Menschen niemals verstehen, wenn sie nur auf der Erde danach suchten. Und wenn sie jemals andere Planeten erreichen und sich dauerhaft im Weltraum ansiedeln wollten, mussten sie die irdischen Kreisläufe des Lebens in kleinerem Maßstab nachbilden können.

Wie oft hatte er den Einwand gehört, dass die Menschen doch erst einmal auf der Erde aufräumen sollten, bevor sie daran denken konnten, in den Kosmos aufzubrechen. Wieso fiel es so vielen Menschen nur so schwer, zu verstehen, dass beides zusammengehörte? Dass der Blick von außen auf die Erde half, ihre Probleme schärfer zu erkennen? Dass der Aufbruch ins All nur gelingen konnte, wenn er die aus dem Lot geratene Erde wieder ins Gleichgewicht brachte?

Vielleicht war es immer noch ein Erbe dieses idiotischen Wettrennens zum Mond. Juri erschien das Spektakel, das sich die beiden Supermächte in den 1960er-Jahren gegenseitig geboten hatten, im Nachhinein wie ein gigantisches Wettpinkeln. Es hatte das Tor zum Weltraum endgültig aufgestoßen, zugleich aber auch ein Zerrbild der Raumfahrt im kollektiven Bewusstsein hinterlassen, das sich leider als sehr zählebig erwies.

Die Landung auf dem Mond war wie ein Paukenschlag gewesen, der eine Symphonie eröffnete. Aber eine Symphonie kann nicht aus lauter Paukenschlägen bestehen. Und das übrige Orchester war ohnehin noch gar nicht bereit gewesen. War es bis heute nicht. Vorerst stimmten die Musiker noch ihre Instrumente. Juri hatte gehofft und hoffte immer noch, dass die Entdeckung der Marsproteine wie das Klappern des Dirigenten mit dem Taktstock wirken und sie dazu bringen würde, endlich mit dem Stück zu beginnen.

Die Menschen mussten mit sich ins Reine kommen, bevor sie sich auf mehrere Himmelskörper verteilen konnten, das stand für Juri außer Frage. Sie würden sonst ihre Probleme mitnehmen wie eine an den Fuß gekettete Eisenkugel und sehr bald aufgeben müssen. Es hatte doch überhaupt keinen Sinn, leblose Himmelskörper wie den Mond zum Leben zu erwecken, bloß um dort die Kopie einer Erde zu schaffen, wie sie war. Es musste schon eine sein, wie sie sein sollte. Ein gesunder Planet, kein kranker. Sonst wäre es die Anstrengung nicht wert.

Doch vielen Menschen schien diese Sichtweise so fern zu liegen wie umgekehrt Juri der Gedanke, die Menschen könnten von der Erde fliehen, um es sich auf der Venus oder anderswo gemütlich zu machen. Die Idee war ihm so absurd vorgekommen, dass er bei dem Pressegespräch seinerzeit in Köln die entsprechende Frage eines Reporters zuerst gar nicht verstanden hatte.

Es war ungefähr eineinhalb Jahre vor dem Start gewesen, sie hatten gerade eine längere Übungseinheit im Kölner Astronautenzentrum abgeschlossen. Die Menschen seien doch wie Heuschrecken, hatte der Reporter behauptet, die einen Planeten nach dem anderen kahl fressen würden. Es hatte eine Weile gedauert, bis Juri begriffen hatte, worauf der Journalist hinaus gewollt hatte, was zum einen an dessen Aufgeregtheit – der junge Mann war es offenbar nicht gewohnt, vor so einem Publikum zu sprechen –, zum anderen an Übersetzungsschwierigkeiten gelegen haben mochte.

Aber es war ihm ein ernsthaftes Anliegen, das war deutlich geworden. Der Reporter hatte gefürchtet, die Menschen könnten ihre Neigung zur Selbstzerstörung ins All exportieren und dort eine Spur der Verwüstung hinterlassen.

Juri hatte zurückgefragt, wie die Menschen denn jemals einen anderen Planeten erreichen sollten, wenn sie nicht imstande waren, eine stabile Biosphäre herzustellen.

„Ich teile Ihre Sorgen und Ihre Wut angesichts unseres bisherigen Versagens im Umgang mit unserem Heimatplaneten", hatte er dem Fragesteller versichert. „Aber solange uns diese Sorgen beschäftigen, ist das übrige Universum vor uns in Sicherheit. Selbst die nächsten Nachbarn im Weltraum liegen außerhalb unserer Reichweite, wenn wir keine dauerhaften und nachhaltigen Lebensbedingungen gewährleisten können. Wir kommen nur dorthin, wenn wir schon die Raumschiffe als Lebensinseln mit in sich geschlossenen Stoffwechselkreisläufen gestalten."

Juri hatte einen Moment gewartet, während seine Worte übersetzt worden waren. Der Reporter hatte aufmerksam zugehört.

„Sehen Sie es als eine Art Reifeprüfung. Nein, sehen Sie es als Aufnahmeprüfung: Mitglied im Club der kosmischen Zivilisationen wird nur, wer gezeigt hat, dass er mit lebenden Planeten pfleglich umgehen kann. Ich möchte die Prüfung unbedingt bestehen. Deswegen fliege ich zur Raumstation."

Damit hatte Juri es eigentlich bewenden lassen wollen. Doch in der Übersetzungspause war ihm noch etwas eingefallen. Er hatte dem Moderator, der schon dem nächsten Teilnehmer das Wort erteilen wollte, signalisiert, dass er noch etwas zu ergänzen hatte.

„Stellen Sie sich statt eines Heuschreckenschwarms Bienen vor, die sich von Blüten ernähren, die sie zugleich befruchten. Wenn die Menschheit sich jemals im Weltall ausbreiten wird, dann nur wie ein Bienenschwarm. Anders geht es nicht. Nur eine erblühende Erde wird die Saat des Lebens ins All hinaus schleudern können. Eine kranke Erde hat dafür gar nicht die Kraft."

Bienen, dachte Juri nun. Mit ihnen erst wäre die orbitale Gartenidylle perfekt. Aber bis Insekten in einer Raumstation frei herumfliegen durften, noch dazu Insekten, die Menschen verletzen konnten, würde gewiss noch einige Zeit vergehen.

Wie sie wohl mit der Schwerelosigkeit zurechtkommen würden? Juri vermutete, dass sie ihnen keine größeren Probleme bereiten würde. Die wahrscheinlich größere Herausforderung war es wohl, sich in der fremdartigen Umgebung zurechtzufinden, ohne die seit langem etablierten Orientierungsmarken wie etwa den Sonnenstand.

Juri bewunderte die Intelligenz der kleinen Brummer, die mit ihren winzigen Gehirnen sogar in der Lage waren zu abstrahieren und voneinander zu lernen. Aber würden sie sich auch an neue Lebensbedingungen anpassen können? Eines Tages würde auch das untersucht werden. Juri hoffte, dass es noch zu seiner Lebenszeit geschah.

Vor kurzem erst hatte er geglaubt, das Summen eines Insekts gehört zu haben. Er hatte zunächst an eine Fliege gedacht und das Geräusch gar nicht weiter beachtet. Es hatte sich kaum vom ständigen, lauten Grundrauschen der Raumstation abgehoben und eigentlich auch ganz gut zur Umgebung des Treibhausmoduls mit seinen Pflanzen gepasst.

Bis es Juri schlagartig bewusst geworden war: Hier konnte es keine Fliegen geben!

Er hatte sich umgesehen, versucht, das Geräusch zu orten und seine Quelle zu identifizieren. Doch es schien aus keiner bestimmten Richtung zu kommen. Dann hatte es sich verändert, war schriller, greller, lauter, vielleicht auch höher geworden – Juri hatte es nicht richtig erfassen können, auch weil es gleich darauf völlig verklungen war.

Oder hatte er sich das alles nur eingebildet? In das Hintergrundrauschen der kontinuierlich arbeitenden Lebenserhaltungssysteme ließ sich vieles hineinprojizieren. Bald hatte er das seltsame Summen wieder vergessen.

Als er sich jetzt wieder daran erinnerte, fiel ihm auf, dass seine Beobachtung zeitlich mit Suneethas gescheitertem Kristallisierungsversuch und der Unregelmäßigkeit beim Flammenexperiment zusammengefallen sein könnte. Aus dem Gedächtnis konnte er den Zeitpunkt allerdings nicht genau benennen. Er nahm sich vor, später in den Protokollen nachzusehen.

Nun stand aber erst einmal das Abendessen im Vordergrund. Zufrieden betrachtete er die Knollen, die er als Vorspeise ausgewählt hatte.

„Prächtig, prächtig, meine Kleinen", lobte er die Pflanzen mit den weißen, karottenartigen Wurzeln. „Ihr habt euch den Aufenthalt im warmen Ofen redlich verdient."

16

Mark hatte seine 90 Minuten Freizeit in der Aussichtskuppel so gelegt, dass er um Mitternacht Zentralafrika überqueren konnte. Nirgendwo sonst auf der Erde blitzte es so häufig wie hier.

Das „Cupola" genannte Panoramafenster mit dem fantastischen Rundumblick auf die Erde war der Lieblingsplatz fast aller Astronauten. Hier verbrachten sie einen großen Teil ihrer Freizeit. Einfach nur schauen, ohne dass die Pupillengröße gemessen, Gehirnströme aufgezeichnet oder Urinproben gesammelt werden mussten. Keine Geräte, die bedient werden mussten, keine Anzeigen, die im Auge zu behalten waren. Außer dem Audioplayer.

Mark startete ihn in dem Moment, als sich am Horizont die Südwestküste Afrikas mit den ersten flackernden Gewitterwolken abzeichnete. Nach ein paar Takten Gitarrenintro mit unverkennbarem Sound erklang in seinem Kopfhörer die ebenso unverkennbare Stimme:

Midnight Lightnin', flashin' all around me ...

Ob sich Jimi Hendrix wohl hatte vorstellen können, wie so ein mitternächtliches Gewitter von oben aussah? Sein Lied, bei dem er sich selbst nur mit der Gitarre begleitete, handelte von den Blitzen, die ihr blaues Licht auf das Gesicht seiner schlafenden Frau warfen und die Bäume als schwarze Silhouetten erscheinen ließen.

Flashin' all around my country house ...

Aber auch die über dem Äquator pulsierenden Lichter, die Mark jetzt aus dem Orbit beobachten konnte, folgten dem Takt der Musik auf fast unheimliche Weise. Als steuerte ein begnadeter Zeremonienmeister gewaltige Stroboskope von seinem Mischpult aus. Oder war hier womöglich doch ein mächtiger Voodoopriester am Werk, dessen Zauberkraft bis in den Orbit reichte?

In einer Radiosendung hatte Mark einmal den Satz gehört, Hendrix hätte den Blues ins Weltraumzeitalter gebracht. Er wusste nicht mehr, von wem die Aussage stammte, aber was er jetzt sah, unterstrich ihre Wahrheit. Diese Klänge schienen aus einer überirdischen Quelle zu kommen. Als wären sie speziell zur Untermalung dieses Lichterspiels komponiert worden, das sich in dieser Form nur aus dem Weltall erleben ließ.

Lange Zeit hatte Mark mit dieser Musik gar nichts anfangen können, hatte sie abgetan wie all das andere Hippie-Gedudel, für das sich seine Eltern begeisterten und mit dem sie ihm damals furchtbar auf die Nerven gegangen waren. „Ja, ja, war sicher 'ne tolle Zeit“, hatte er trotzig gemurmelt und sich die Stöpsel ins Ohr gesteckt, um seinem eigenen Musikprogramm zu folgen.

Die Vergangenheit interessierte ihn nicht. Was vor seiner eigenen Geburt geschehen war, war ihm, wie den meisten anderen jungen Leuten, als nicht besonders spannend erschienen. Gestern und Vorgestern war vorüber, erledigt, abgehakt. Er lebte jetzt, mit der Zukunft vor sich, war begierig auf das Neue. Was interessierten ihn die analogen Röhrenverstärker von damals, mit denen die Musiker ihre Sounds erzeugt hatten?

Das ließ sich heute alles mit ein paar raschen Einstellungen am Monitor reproduzieren. Die digitalen Klangwelten im Computer waren es, die die Musik von morgen entstehen ließen, mit nie zuvor gehörten Beats und Breaks, mit Tonfolgen und Rhythmen, die sich auf keinem traditionellen Instrument spielen ließen. Niemand brauchte mehr Tonstudios mit aufwendigen Mischpulten, um mit ungewöhnlichen Klängen zu experimentieren. Dafür gab es Computerprogramme zu erschwinglichen Preisen, viele sogar kostenlos. Jeder konnte sein eigener Produzent sein und jederzeit im Internet auftreten.

Dann hatte er mit 13 Jahren im Planetarium einen Vortrag gehört, der von der Geschichte der Raumfahrt handelte, von Jules Verne über Juri Gagarin und die Mondflüge bis zur ISS.

Am Anfang hatte der Referent erzählt, wie er selbst als Kind zum ersten Mal einen künstlichen Satelliten am Abendhimmel gesehen hatte. Das war zu jener Zeit noch ein großes Ereignis gewesen. Die Menschen waren auf die Straßen hinausgelaufen, um das Spektakel nicht zu verpassen.

„Schau nur, der Stern!“, hatte jemand gerufen.

„Das ist kein Stern, er bewegt sich!“

„Das ist der Elektron!“

Jemand hatte dem Vortragenden ein Fernglas gegeben, aber er hatte es nicht ruhig genug halten können, um den sowjetischen Forschungssatelliten damit zu verfolgen.

Im Planetarium hatte er nun diese „persönliche Sternstunde“, wie er es nannte, nach vielen Jahren noch einmal nacherleben können. Die Orbitaldaten des Elektron waren in das Projektionssystem eingegeben worden und ließen ihn nun als Lichtpunkt über die Planetariumskuppel wandern. Das hatte mehrere Minuten gedauert. Optisch eigentlich eine Zumutung, jedenfalls für einen 13-jährigen, der mit „Star Wars" und Computerspielen aufgewachsen war. Doch die dazu erklingende Musik hatte das mehr als wett gemacht.

There must be some kind of way out of here ...

Im Vortrag war noch mehrmals Musik eingespielt worden, lauter Stücke von Jimi Hendrix. Aber Mark hatte es schon nach wenigen Takten begriffen: Er hörte das Weltall. So hatte es geklungen, als sich das Fenster zum Kosmos geöffnet hatte. Hendrix hatte den Soundtrack geliefert für den Moment, mit dem ein neues Zeitalter begann.

Und dort unten, irgendwo unter den Gewitterwolken, die sie jetzt gerade überquerten, hatte der Mensch vor langer, langer Zeit seine ersten Schritte vollzogen, hatte irgendein namenloser Vorfahr den glühenden Ast gegriffen und damit den Leoparden verjagt. Mark gefiel die Vorstellung, dass der Mensch in einem solchen flackernden Inferno quasi ausgebrütet worden sein könnte, ungefähr wie in dem alten Frankenstein-Film, wo ein aus Leichenteilen zusammengefügter Menschenkörper mit der Energie von Blitzen zum Leben erweckt wird.

Die archäologischen Funde sprachen jedoch leider dagegen. Gestern erst hatte Juri beim Abendessen ausführlich erklärt, dass die Weichen der Evolution, die schließlich zum modernen Menschen führten, nicht in Zentralafrika, sondern sehr wahrscheinlich in Ostafrika gestellt worden seien.

Diese Gespräche über das Feuer – eigentlich waren es eher Vorträge mit der Möglichkeit zu Zwischenfragen – hatten sich rasch zu einem festen Bestandteil ihrer gemeinsamen

Mahlzeiten entwickelt. Sie waren eine Art wissenschaftliches Tischgebet geworden, mit dem sie die Kraft ehrten, die ihnen diese vielfältige Ernährung überhaupt erst erschlossen und sie letztlich auch hierher in die Erdumlaufbahn gebracht hatte. Und Juri war so etwas wie ihr Hohepriester, der über einen scheinbar unerschöpflichen Vorrat an Geschichten zu dem Thema verfügte und so gut zu erzählen wusste, dass die anderen ihm bereitwillig das Wort überließen.

„Die evolutionären Wurzeln des Menschen liegen im Horn von Afrika, wo heute Äthiopien liegt", hatte er gesagt. „Dort spalten sich die Entwicklungslinien von Schimpansen und Menschen."

Den Grund dafür vermutete Juri am Himmel. Die Explosion einer Supernova in der kosmischen Nachbarschaft könnte die Erdatmosphäre massiv unter Druck gesetzt, die Ozonschicht zerstört und die Vereisung der Arktis vor etwa drei Millionen Jahren befördert haben.

„Die Scorpius-Centaurus-Gruppe", hatte Juri gesagt und fragend in die Runde geblickt. „Schon mal gehört?"

Die anderen hatten die Köpfe geschüttelt.

„Das ist eine Assoziation von Sternen der Spektralklassen O und B, also sehr kurzlebigen Sternen, die schon nach wenigen Millionen Jahren als Supernova enden. Sie kamen damals bis auf 130 Lichtjahre an das Sonnensystem heran. Das ging an der Erde nicht spurlos vorbei. Das radioaktive Eisenisotop Fe-60, das in der Tiefsee gefunden wurde, stammt zum Beispiel aus einem Stern, der vor 2,2 Millionen Jahren explodiert ist."

Immerhin, dachte Mark, während er auf Afrika herab schaute, geblitzt hatte es also doch, als der Mensch sich auf den Weg machte, wenn auch nicht in den Wolken, sondern viel weiter weg. Und am Boden war es offenbar ebenfalls ziemlich turbulent zugegangen.

Am Horn von Afrika, hatte Juri erzählt, hätte es zur damaligen Zeit plattentektonische Verschiebungen gegeben, die das Kilimandscharo- und Mount-Kenya-Massiv entstehen ließen, zu Vulkanausbrüchen führten und die Nahrungsgrundlage der dort lebenden Lebewesen drastisch und nachhaltig veränderten.

„Das war für alle eine schwere Prüfung. Aber die Australopithecinen, unsere direkten Vorfahren, die schon aufrecht auf zwei Beinen liefen, bestanden sie sehr gut. Sie müssen wahre Meister der Anpassung gewesen sein."

„Wie haben sie das geschafft?" Es war wieder mal Suneetha gewesen, die sofort nachhakte. „Hat ihnen dabei schon das Feuer geholfen?"

Juri quittierte die Frage mit einem dankbaren Lächeln.

„Wer weiß?", sagte er. „Der aufrechte Gang hätte es ihnen jedenfalls ermöglicht. Vielleicht hat ihnen die Kontrolle des Feuers den entscheidenden evolutionären Vorteil verschafft, um in dem Chaos, in diesem verschärften Überlebenskampf damals zu bestehen. Es gibt aber bisher keine konkreten Hinweise darauf."

Er nahm sich eine Tüte mit heißem Kaffee und trank durch den Strohhalm einen Schluck.

„Wahrscheinlich wird es nie gelingen, diese Frage eindeutig zu klären. Die Spuren eines natürlichen Feuers von einem künstlich angelegten zu unterscheiden, ist nach so langer Zeit nahezu unmöglich. Kein Archäologe wird jemals die Überreste des ersten Lagerfeuers identifizieren."

Er strahlte, hob die Kaffeetüte und sagte feierlich: „Dieser Moment, mit dem alles begann, gehört der mythischen Erzählung und wird ihr immer gehören, trotz aller Wissenschaft. Ein Hoch auf die Fantasie!"

Die anderen taten es ihm gleich, griffen zu ihren Getränken und saugten an den Strohhalmen.

Seine Version dieses mythischen Moments hatte Juri sich für das heutige Frühstück aufgespart. Am Abend davor hatte er sich hingegen zunächst an die archäologische Quellenlage gehalten, hatte ihnen erzählt, dass die ältesten bekannten Feuerspuren ungefähr eineinhalb Millionen Jahre alt und in einer Höhle in Südafrika gefunden worden seien. Verfärbungen und strukturelle Veränderungen an Tierknochen deuteten demnach darauf hin, dass sie großer Hitze ausgesetzt waren. Temperaturen, die nicht bei gewöhnlichen Buschbränden auftreten, aber in Lagerfeuern.

„Das ist noch nicht alles", hatte Juri hinzugefügt. „Ungefähr um die gleiche Zeit taucht der Homo erectus auf, dessen Kauwerkzeuge deutlich schwächer ausgeprägt sind als die seines Vorgängers Australopithecus africanus. Unsere Vorfahren brauchten damals offenbar keine kräftigen Kiefer mehr, weil sie begannen, ihre Nahrung mithilfe von Feuer zuzubereiten."

„Aber das muss nicht heißen, dass der Homo erectus das Feuer entdeckt hat", hatte Suneetha eingewandt. „Er könnte den Umgang damit von den Australos gelernt haben."

„Ganz genau!" Suneethas Bemerkung war für Juri ein willkommenes Stichwort gewesen.

„Entdecken mussten die Urmenschen das Feuer ohnehin nicht. Es war ja reichlich da, allein schon durch die vielen Vulkane, die wahrscheinlich ursprünglich den Stoff für die vielen Geschichten von feuerspeienden Ungeheuern geliefert haben, die uns heute noch Gänsehaut bereiten. Entscheidend war vielmehr die Erkenntnis, dass sie das Feuer nicht fürchten mussten, sondern es für sich nutzen konnten. Und zwar als Waffe. Auf einmal konnten sie selbst die gefährlichsten Raubtiere auf Distanz halten und hatten allein dadurch einen gewaltigen Vorteil beim Kampf um die knapper werdende Nahrung. Dass sie durch das Erhitzen von Wurzelknollen und das Grillen von Fleisch ihre Nahrung außerdem noch weiter verbessern und erweitern konnten, lernten sie bestimmt erst nach und nach. Ja, es ist gut möglich, dass bereits Australopithecus das Feuer unter Kontrolle gebracht, aber erst Homo erectus durch den immer reichhaltiger gedeckten Tisch ausgiebig davon profitiert hat."

Er hatte noch einmal am Kaffee gesogen.

„Und wir profitieren immer noch davon. Oder gibt es etwas Schöneres als einen starken Kaffee nach einem guten Essen 400 Kilometer über der Erde? Dafür muss man allerdings wissen, wie man Wasser zum Kochen bringt."

Dieses Mal hatten die anderen ihre Getränke nicht angerührt.

„Die Geschichte der Menschheit beginnt also mit dem Griff zur Waffe", hatte Nick nachdenklich gesagt. „Das ist ernüchternd. Als Lieutenant Commander der US Navy sollte es mich wahrscheinlich mit Stolz erfüllen, mit dem Dienst an der Waffe unsere älteste Tradition zu wahren. Aber ich finde es deprimierend."

Juri, selbst Angehöriger der russischen Armee, hatte langsam und ernst genickt.

„Wir stellen uns gern vor, dass die Menschen damals einfach reif waren, das Feuer zu beherrschen. Die Evolution hat uns mit den nötigen Fähigkeiten ausgestattet und wir haben sie genutzt, vielleicht inspiriert durch einen göttlichen Funken, der aus den knisternden Flammen auf uns übergesprungen ist. Wir, die vom Schicksal, von den Göttern, von dem einen Gott oder von wem auch immer auserwählte Spezies."

Er hatte den Kopf gehoben und in die Runde geschaut.

„Aber wahrscheinlich haben unsere Vorfahren damals im Angesicht der Vulkane einfach nur schneller als alle anderen Lebewesen gelernt, natürlich entstandene Feuer als wertvolle Ressource zu betrachten – und haben diese Ressource als erstes genutzt, um allen anderen den Zugang dazu zu verwehren. Sie haben das Feuer erobert und den Gebrauch sofort monopolisiert."

Inzwischen war Jimi Hendrix verstummt und die Raumstation hatte den afrikanischen Kontinent hinter sich gelassen. Die Betriebsgeräusche erreichten Mark in der Aussichtskuppel nur gedämpft, während er draußen in der Dunkelheit den Indischen Ozean nur ahnen konnte. Er stellte sich behaarte, kleine Urmenschen vor, die eine Brandstätte umzingelten und mit glühenden Ästen verteidigten. Das war wieder eine Szene wie bei Kubrick, ein Moment, der den Lauf der Geschichte änderte. Der Mensch schützte sich vor Raubtieren und setzte damit eine Entwicklung in Gang, die ihn bald selbst zum gefährlichsten Räuber der Erde machen sollte.

Suneetha hatte vermutet, dass Vulkane damals zu so etwas wie Wallfahrtsorten geworden sein könnten, an denen das Feuer reichlich aus der Unterwelt sprudelte und von wo aus es mit Fackeln weitergetragen wurde. Gemeinsam hatten sie sich ausgemalt, wie Urmenschen Äste in glühende Lava hielten und die brennenden Fackeln zu ihren Lagerplätzen zurück trugen, vielleicht in großen, feierlichen Prozessionen, die sich wie leuchtende Würmer durch die Dämmerung schlängelten.

Sie waren sich einig gewesen, dass die Menschen damals nicht nur die Macht des Feuers als Waffe rasch erkannt haben mussten, sondern auch seine Bedeutung als Signalgeber und Kommunikationsmittel. Lichter im Dunkeln und Rauchwolken am Tage mussten fast schlagartig eine neue Bedeutung bekommen haben, zeigten sie doch zumeist die Anwesenheit von Menschen an.

Der Blick in die Finsternis unter sich unterstrich für Mark jetzt noch einmal die Bedeutung, die diese Eroberung des

Lichts für die Menschen gehabt haben musste. Ihr gesamtes Weltbild könnte sich dadurch dramatisch verändert haben. Mussten die neuen Erfahrungen mit Lichtern auf der Erde nicht unvermeidlich zu einer neuen Wahrnehmung der Lichter am Himmel führen? Vielleicht nahmen die Menschen jetzt zum ersten Mal überhaupt die Sterne bewusst wahr und fragten sich, ob sich dort oben auch Menschen an Lagerfeuern versammelten und wie man ihnen begegnen konnte.

Damals hatte die Reise begonnen, die ihn mehr als zwei Millionen Jahre später hierher gebracht hatte. Zwei Millionen Jahre von der Idee zur Realisierung. Das war wahrscheinlich das längste und ausdauerndste Technologieprojekt überhaupt.

Und das Ziel war noch lange nicht erreicht. Sicher, mit dem Erreichen der Erdumlaufbahn hatte man schon die Hälfte des Weges zu allen Objekten im Sonnensystem zurückgelegt, schließlich ging es in der Raumfahrt vor allem um die Überwindung der Schwerkraft, weniger um absolute Entfernungen.

Aber die zweite Hälfte war deswegen nicht weniger anstrengend als die erste. Und die Sterne lagen ohnehin außerhalb des Sonnensystems. Bis zu einer Begegnung mit den Fremden, die vielleicht bei diesen Himmelslichtern lebten, war es noch ein weiter Weg. Es gab noch sehr viel zu tun.

Zum Beispiel das Experiment zur Rhythmuswahrnehmung. Es stand als nächster Punkt auf Marks Arbeitsplan. Dafür konnte er in der Aussichtskuppel bleiben, musste sich aber verkabeln. Danach gab es Abendessen, auf das er sich freute. Juris Bemerkung war ein deutlicher Hinweis gewesen, dass es heute mehr als nur Tütennahrung geben würde.

17

Der Wechsel von Tag und Nacht war für Jaiyas Volk immer ein besonderer Moment, in dem das Leben kurz zur Ruhe kam. Jetzt war die Zeit, der Sonne zu danken, die ihnen wieder Licht und Wärme geschenkt hatte. Zeit ihren Namen zu nennen.

Alle hielten mit ihren Tätigkeiten kurz inne und sagten: „Tomo."

Damit war es meistens getan. An den Tagen, an denen sich der Mond kurz nach dem Verschwinden der Sonne aus dem Meer erhob, mussten sie jedoch besonders vorsichtig sein. Kein Feuer durfte brennen. Maia Ogar, der Lenker des Mondes, duldete keine Lichter, die von seiner mächtigen Erscheinung ablenkten. Um seinen Zorn nicht zu erregen, wurden die Feuer abgedeckt, sodass sie nur noch schwach glühten. Niemand sagte ein Wort, bis sich die leuchtende Kugel deutlich über das Meer erhoben hatte. Dann nannten sie auch seinen Namen, ließen die Feuer auflodern und nahmen ihre Tätigkeiten wieder auf.

Als sie klein war, hatte Jaiya manchmal noch die Unsicherheit gespürt, wenn es in einer Gruppe zunächst niemand wagte, als erster „Maia Ogar" zu sagen, aus Angst, dessen Zorn auf sich zu ziehen. Doch schon bald war sie selbst diejenige, die an diesen Abenden den Namen des Mondes zuerst aussprach. Sie spürte, wann es soweit war. Sie musste dafür nicht zum Himmel schauen und prüfen, ob ein ausgestreckter Finger zwischen Mond und Meer passte.

Mit der gleichen Sicherheit fühlte sie auch jetzt, als sie zum Strand der untergehenden Sonne kam, dass der Himmel erneut Schwung holte. Der schnelle Wanderer, der die Sonne heute morgen getroffen hatte, als sie sich aus dem Meer erhob, würde ihr gleich wieder begegnen, wenn sie in den Wellen verschwand. Jaiya wollte dabei sein. Wenn die mächtige Sonne und der kleine flinke Wanderer sich die Hände reichten, war das allein schon etwas Besonderes.

Falls dies aber zweimal an einem Tag geschah, war alles möglich. Und nun war auch noch die Schildkröte gekommen. Ein großes Ereignis stand bevor. Jaiya wusste nicht, was passieren würde. Aber sie hatte gelernt, den Zeichen zu vertrauen.

Als sie aus dem Schatten der Bäume trat, stand die Sonne schon tief. Doch es war noch mehr als genug Zeit, um die letzten Vorbereitungen für das Schildkrötenessen zu treffen. Dabei mussten strenge Regeln befolgt werden. So durfte für das Feuer, in dem die Schildkröte geschmort wurde, kein beliebiges Holz verwendet werden. Nur die Glut aus den Zweigen des Hibiskusstrauchs konnte die Geister des Meeres milde stimmen, sodass sich mit dem Verzehr des Fleisches auch die Stärke und die Weisheit der Schildkröte auf die Menschen übertrug.

Ein falsch angelegtes Feuer konnte ebenso wie eine Unachtsamkeit beim Töten und Zubereiten des Meeresbewohners Dämonen herbeirufen, die mit dem Fleisch in die Menschen drangen, erst ihren Geist verwirrten und sie langsam von innen verbrannten.

Die Geschöpfe des Meeres forderten Achtung und Respekt. Dafür gaben sie auch viel. Sie ernährten die Menschen nicht nur, sondern verbanden sie mit den unergründlichen Tiefen der See, brachten ihnen Botschaften aus dem Reich der Finsternis und ließen sie teilhaben am Leben im Wasser, das die Landbewohner umhüllte, das sie aber selbst immer nur für kurze Zeit betreten konnten.

Im Dorf lagen immer getrocknete Äste und Zweige des Hibiskus bereit, um damit ein Feuer zu versorgen. Jaiya und die vier Jungen hatten sie bereits herbeigeschafft und zwischen drei großen Steinen aufgeschichtet. Was Jaiya als letzte Zutat jetzt noch herbeischaffen musste, waren frische Hibiskusblätter und Blüten. Um diese Zeit, kurz vor dem Wechsel der Winde, gediehen die Pflanzen hier, am Strand der untergehenden Sonne, am kräftigsten.

Sie pflückte einige besonders prächtige Blüten, bevor sie sich zur Nacht hin schlossen, sammelte sie in ihrem Korb. Dann ging sie näher auf das Wasser zu. Ohne den Korb abzulegen schaute sie in Richtung der sinkenden Sonne, die sich jetzt in der Ferne langsam der Wasserlinie näherte.

18

Suneetha kam etwas zu früh zum Abendessen. Doch sie war nicht die erste. Nick wartete bereits in ihrer „Essecke", den Blick unbestimmt in die Ferne gerichtet.

„Ist etwas passiert?", fragte sie.

„Ach, Suneetha." Jetzt schaute er sie an. „Entschuldige, ich war in Gedanken."

Er versuchte ein Lächeln, doch Suneetha entging nicht, welche Anstrengung ihn das kostete.

„Was ist los?", beharrte sie. „Du siehst aus, als hättest du gerade mit deinem Bankberater gesprochen."

Seine Gesichtszüge lösten sich etwas.

„So weit kommt das noch, dass die mich bis hierher mit ihren Anlageempfehlungen verfolgen."

Mit verstellter, übertrieben melodischer Stimme flötete er: „Mister Baldwin, auf ihrem Konto haben sich recht hohe Summen angesammelt, die Sie gewinnbringender anlegen könnten. Was halten Sie zum Beispiel davon, in Weltraumschrott zu investieren? Wir sehen da ein großes Kurspotenzial und würden Sie gern ausführlicher dazu beraten."

Suneetha lachte. „Wow, das hast du gut drauf! So einen Anruf hast du offenbar nicht zum ersten Mal bekommen."

„Aber hallo! Mittlerweile bin ich ein Meister im Abwürgen dieser Telefonattacken, immer schön höflich, aber entschieden. Die können mir schon lange keine schlechte Laune mehr bereiten. Nein, ich habe mit meiner Familie gesprochen."

Als Suneetha nicht gleich etwas erwiderte, setzte er hinzu: „Und mit meinem Sohn."

„Josiah?"

Suneetha erinnerte sich gut an den Jungen, obwohl sie ihn bei dem Besuch in Nicks Haus am Rand von Baltimore nur kurz gesehen hatte. Er hatte die Kollegin seines Vaters höflich begrüßt und war gleich darauf zu einer Verabredung mit Freunden aufgebrochen. Die flüchtige Begegnung hatte dennoch einen starken Eindruck hinterlassen. Die Blicke und wenigen Worte, die Josiah mit seinen Eltern gewechselt hatte, zeugten von einem liebevollen und offenen Umgang miteinander.

„Müsste er nicht inzwischen zur Highschool gewechselt sein?"

„Genau. Das ist das Problem."

Suneetha zog sich zu dem Kasten, der heute als Tisch dienen sollte, um dem Abendessen eine festliche Note zu geben. Dabei richtete sie ihren Körper parallel zu dem von Nick aus, wandte sich ihm zu und fixierte ihre Position, indem sie zwei Finger in einen Haken an der Wand schob. Es war so etwas wie die schwerelose Version des Platznehmens, eine stumme Aufforderung, weiter zu erzählen.

„Er ist jetzt schon im zweiten Semester, geht seit über einem halben Jahr in diese Schule – und bekommt einfach keinen Fuß auf den Boden. Wir haben natürlich alle gewusst, dass es nicht einfach wird. Josh hatte in der Grundschule einige gute Freunde und sich dort auch wohlgefühlt. Nach sechs Jahren aus solchen Zusammenhängen herausgerissen zu werden, ist in dem Alter immer eine Herausforderung. Aber damit sind ja letztlich alle Kinder konfrontiert und kommen in der Regel damit zurecht. Josh hat sich eigentlich auch auf den Schulwechsel gefreut. Er glaubte, er würde den Kontakt zu seinen alten Freunden weiter pflegen und an der neuen Schule neue Freunde finden."

„Ja", sagte Suneetha, „das stellt man sich in dem Alter noch als sehr einfach vor. Ist denn niemand von seiner Grundschule auf die gleiche Highschool gewechselt?"

„Doch, einige schon, aber keiner seiner engeren Freunde. Die sind nun alle auf verschiedene Schulen verstreut und sehen sich kaum noch."

Nick holte tief Luft, schaute Suneetha kurz in die Augen, dann wieder an ihr vorbei.

„Meine Güte, ich glaube, ich habe ihn noch nie so verzweifelt erlebt, so traurig. Dabei hat er sich unglaublich angestrengt, nicht zu weinen. Er wollte seinen Papa im Weltraum nicht mit seinen irdischen Problemen belasten."

Jetzt standen Nick selbst Tränen in den Augen. Er blinzelte sie rasch weg.

„Ich fühle mich so hilflos. Der Junge braucht doch meine Unterstützung, nicht umgekehrt."

Suneetha sagte nichts. Der eigenen Familie in einer Krise nicht helfen zu können, zählte zu den gefürchteten Belastungen im Astronautenalltag. Dies war keine gewöhnliche Dienstreise, die man abbrechen konnte, um seinen Angehörigen zur Seite zu stehen. Man konnte nur aus der Ferne zuhören und versuchen, mit Worten zu helfen. Doch die Wirksamkeit der Worte war oft arg begrenzt.

„Es scheint tatsächlich an seiner Hautfarbe zu liegen", sagte Nick, nachdem er sich etwas beruhigt hatte. „Liz und ich haben das nicht für möglich gehalten. Klar, wir haben uns schon Gedanken gemacht, ob wir ein Kind in die Welt setzen sollten. Mit einem schwarzen Vater und einer weißen Mutter – würde das Kind am Ende nicht zwischen allen Stühlen sitzen? Aber dann war mit Obama der Sohn einer Weißen und eines Schwarzen US-Präsident geworden – ein klares Zeichen, dass die Zeiten des Rassismus endgültig vorbei waren. Dass all das wieder verlorengehen könnte, noch dazu so schnell – es war für uns damals unvorstellbar."

„Da hast du recht. Damit hätte ich auch nicht gerechnet, jedenfalls nicht in den USA, schon gar nicht an der Ostküste. Wird Josiah wirklich wegen seiner Hautfarbe angegriffen?"

„Er wird nicht offen attackiert oder beschimpft, es läuft subtiler. Das macht es ja so schwer für ihn, damit umzugehen. Er wird gemieden, niemand will etwas mit ihm zu tun haben. Wenn beim Sport Mannschaften gebildet werden, zählt er zu den letzten, die gewählt werden. Seine Wortmeldungen im Unterricht können noch so klug sein, es geht niemand darauf ein. Zu Parties oder anderen Freizeitaktivitäten wird er nicht eingeladen."

Suneetha stieß einen Seufzer aus.

„Kennen wir das nicht alle? Diesen unterschwelligen Rassismus, der so schwer zu fassen ist, gegen den du dich nicht wehren kannst? Seit meiner frühesten Kindheit in Indien lebe ich mit dem Gefühl, dass meine dunkle Haut ein Makel ist. Mittlerweile habe ich ein feines Gespür dafür entwickelt. Wie lange der Platz in der U-Bahn neben mir frei bleibt. Das Lächeln des Verkäufers, das auf einmal erstirbt, wenn ich an der Reihe bin. Das geht praktisch automatisch, darüber denke ich gar nicht mehr nach, habe aber immer ein sicheres Gefühl für die Situation und weiß, wann ich mich entspannt bewegen kann und wann ich vorsichtig sein muss."

„Natürlich", sagte Nick. „Das steckt einem in Fleisch und Blut. Aber wir hatten geglaubt, dass Josh das nicht mehr erleben würde. Außerdem wirkte die Schule so vielfältig, alles schien vertreten zu sein. Erst zu spät haben wir begriffen, dass das offenbar lauter geschlossene Zirkel sind. Die Schwarzen bleiben unter sich, ebenso wie die Hispanos, die Weißen, die Gelben und wer auch immer. Wer sich nicht klar zuordnen lässt, fällt unter den Tisch."

Während er sprach, hatte er seinen Blick kreisen lassen. Jetzt schaute er Suneetha direkt in die Augen.

„Sollen wir ihm eine neue Schule suchen oder muss er diese Lektion auf die harte Tour lernen?"

Bevor sie antworten konnte, schwebte Mark durch die Luke vom Unity-Modul herein. Mit einem eleganten halben Salto nahm er seinen Platz am Tisch ein.

„Bin ich zu früh?", fragte er. „Entschuldigt bitte, ich glaube, ich habe euch unterbrochen."

„Nein, Juri ist zu spät dran", erklärte Nick. „Und wir hatten gerade über Josiah gesprochen. Du kommst genau richtig."

Mit wenigen Worten fasste er das Problem zusammen und wiederholte die Frage, die er Suneetha gestellt hatte.

„Oh, das ist schwierig", sagte Mark. „Natürlich möchtest du deine Kinder beschützen und ihnen ein möglichst angenehmes Leben bereiten. Aber früher oder später müssen sie auch lernen, mit den Widrigkeiten des Lebens umzugehen und sich ihren Platz zu erkämpfen. In gewisser Weise ist Josh doch in einer ähnlichen Situation wie ein Kriegsflüchtling, der in ein fremdes Land kommt, wo er mehr oder weniger widerwillig aufgenommen wird, häufig sogar mit Feindseligkeiten rechnen muss. In Deutschland hat uns das in den letzten Jahren sehr beschäftigt, es gab heftige Auseinandersetzungen. Letztlich, glaube ich, hat es aber uns allen genützt, hat unsere Gesellschaft positiv verändert und offener gemacht."

„Das stimmt", bestätigte Suneetha. „Bei meinem letzten Besuch in Deutschland habe ich mich deutlich wohler gefühlt als noch zehn Jahre zuvor. Da hat sich in kurzer Zeit offenbar erstaunlich viel getan."

Nick brummte zustimmend.

Mark schilderte, wie souverän der syrische Schüler vorhin das Gespräch der Schulklasse mit ihm moderiert hatte.

„Aber er hatte keine Wahl", räumte er ein. „Er musste sich in dem Land, in das er geflüchtet war, irgendwie durchkämpfen und hat es offensichtlich gut überstanden. Josh dagegen kann wählen. Er kann sich eine für ihn passende Nische suchen, also zu einer Schule mit angenehmeren Bedingungen wechseln – wobei ihr schon einmal erfahren habt, dass sich das von außen nur sehr begrenzt einschätzen lässt. Da bleibt also ein Risiko. Oder er kann versuchen, sich diese Nische selbst zu schaffen, dort, wo er ist, gegen den Widerstand derjenigen, die sich da schon eingerichtet haben. Das ist zweifellos der mühsamere Weg, aber, wenn es gelingt, auch der befriedigendere. Weil Josh dann nicht nur für sich, sondern für alle anderen das Leben etwas angenehmer gemacht haben wird. Aber, wie gesagt ..."

Mark breitete die Arme aus, um seine Ratlosigkeit zu unterstreichen.

„Es ist eine schwierige Entscheidung. Beides kann richtig sein. Immerhin hat Josh einen großen Vorteil: Er hat wunderbare Eltern, die ihm den Rücken stärken, auf welchem Weg auch immer."

Nick schwieg einen Moment, wog dabei sanft den Kopf.

„Danke, Mark“, sagte er dann. „Du hast mich wieder auf den Boden geholt – sofern das in der Schwerelosigkeit überhaupt geht. Das hat gut getan.“

„Ich habe hier auch etwas, das euch gut tun wird.“

Juri hatte sich unbemerkt genähert. In einer Hand hielt er eine Plastikbox, aus der er ihnen jetzt weiße, dampfende Knollen reichte, die entfernt an Mohrrüben, Rettich oder anderes Wurzelgemüse erinnerten, obwohl sie viel kleiner waren. Nick, Suneetha und Mark warfen sich kurze Blicke zu, aber niemand sagte etwas. Stumm sahen sie zu, wie Juri die seltsame Vorspeise servierte, bis Mark endlich die Frage stellte, die sie alle bewegte:

„Juri, bitte: Was ist das?“

19

„Und wann gibst du dein erstes Training auf der Raumstation?“

Der junge Mann, der Klara gegenüber saß, war heute offenbar zum ersten Mal beim Montagstraining gewesen. Er war ihr bisher jedenfalls noch nicht aufgefallen. Grüngurt, wenn sie sich richtig erinnerte. In Straßenkleidung sahen die Leute immer so anders aus. Ein gutes Dutzend Teilnehmer war heute wieder mit ins Restaurant „Olympisches Feuer“ gekommen.

Diese Frage wurde Klara auf die eine oder andere Weise immer wieder gestellt. Es war eine naheliegende Überleitung zu ihrer Arbeit im Astronautenzentrum, für die sich viele der Trainingsteilnehmer interessierten, insbesondere die Neulinge. Sie pickte sich mit der Gabel eine Olive vom Teller in der Mitte des Tisches.

„Das wird wohl nichts mehr", sagte sie, den Blick auf die Gabel gerichtet. „Morgen beginnt die Besatzung mit der Demontage."

Sie schob sich die Olive in den Mund. Ohne Kerne, registrierte sie erfreut, und wie immer in leckerem Knoblauchöl eingelegt.

„Und Ende des Jahres wird von der Internationalen Raumstation ISS nichts mehr übrig sein. Dorthin wird niemand mehr fliegen, ich schon gar nicht."

„Aber reizen würde es dich schon, oder?"

„Ja, sicher."

Sie nahm sich eine weitere Olive, dieses Mal eine schwarze.

„Aber ein Karatetraining wäre dort oben fehl am Platz. Mit Stoßen, Schlagen, Treten wirst du in der Schwerelosigkeit nicht weit kommen. Dafür müsste man ganz neue Kampftechniken entwickeln. Ich könnte mir vorstellen, dass die Leute vom Judo und Jiu-Jitsu mit ihren Hebeln und Haltegriffen mehr zu bieten haben."

Sie schaute den Mann an. Er war höchstens zwanzig, eher jünger.

„Und du? Würdest du gerne dort hinfliegen?"

„Auf jeden Fall!" Er strahlte. Ein kleines Zögern. „Meinst du, es hat Sinn, sich als Astronaut zu bewerben?"

„Klar", antwortete sie. „Es wird auch in Zukunft Fluggelegenheiten geben, ob mit oder ohne Raumstation. Aber es sind nicht sehr viele. Man darf seine Lebensplanung nicht allein auf diese eine Option ausrichten. Selbst wenn du perfekt geeignet bist, gibt es keine Garantie, genommen zu werden. Raumfahrt ist auf der Erde allerdings auch toll. Ich genieße den engen Kontakt mit Astronauten. Wenn ich sie bei ihren Missionen betreue, kann ich den Weltraum hautnah erleben, ohne mich selbst in eine enge Kapsel zwängen zu müssen."

Der Mann nickte.

„Ein technisches oder naturwissenschaftliches Studium kann jedenfalls nie schaden, wenn man Astronaut werden will", sagte Klara. „Obwohl du an mir sehen kannst, dass man auch als Sportwissenschaftlerin einen Job in der Raumfahrt finden kann. Studierst du?"

Er schüttelte den Kopf.

„Ich will mich fürs Wintersemester um einen Studienplatz bewerben. Ich weiß nur noch nicht, in welchem Fach. Ich schwanke zwischen Luft- und Raumfahrttechnik, Astronomie und Musikwissenschaft."

Klara stutzte. Auch die neben ihr Sitzenden, die dem Gespräch folgten, blickten überrascht auf.

„Das nenn' ich mal eine interessante Mischung", sagte Klara.

Nach kurzem Nachdenken schob sie nach: „Aber du kannst mit jedem dieser Fächer Astronaut werden. Mark ist Materialwissenschaftler und führt auf der ISS unter anderem ein Experiment zur Rhythmuswahrnehmung durch, an dem Musikwissenschaftler beteiligt sind. Genauso gut kann ein Musikwissenschaftler ein Experiment zur Materialwissenschaft betreuen. Also studiere das, wozu du am meisten Lust hast. Entscheide dich nicht taktisch für ein Fach, von dem du dir die besten Chancen versprichst, als Astronaut ausgewählt zu werden. Ich glaube, das wäre keine gute Idee."

„Ein musikalisches Experiment?"

Die Neugier des Mannes war offensichtlich geweckt.

„Weißt du mehr darüber? Übrigens, ich bin Jan."

„Ah, schön, dass du beim Training warst, Jan", antwortete Klara. „Ich hoffe, es hat dir gefallen."

Jan nickte stumm, damit sie weiter redete.

„Das Rhythmusexperiment ist aus der Volksabstimmung über die Nutzung der Bonuszeit auf der Raumstation hervorgegangen. Es geht der Frage nach, inwieweit die Schwerkraft das rhythmische Empfinden beeinflusst. Dafür hat Mark eine Meditationstechnik erlernt, bei der er sich in Trance trommelt. Die Forscher wollen wissen, ob er dabei in der Mikrogravitation andere musikalische Muster entwickelt als auf der Erde."

„Wie soll ich mir das vorstellen? Haben sie Trommeln auf die Raumstation gebracht?"

„Nein, es geht um Body Percussion. Mark nutzt ausschließlich seinen Körper, trommelt mit den bloßen Händen auf Bauch, Brust, Armen, Schenkeln – was ihm eben gerade einfällt. Es ist wichtig, ohne Hilfsmittel auszukommen, die das Ergebnis beeinflussen könnten. Eine Trommel müsstest du auf eine bestimmte Weise halten oder befestigen und deinen Körper daraufhin ausrichten. Diese Ablenkung gibt es bei Body Percussion nicht. Es ist Mark ziemlich leicht gefallen, sich auf dieses Experiment vorzubereiten. Er spielt ja Schlagzeug und hat rasch verstanden, worum es geht: Sich selbst in einen Groove trommeln, bei dem man nicht mehr denkt, sondern die Musik gewissermaßen aus sich herausfließen lässt. Mark schafft das in wenigen Minuten. Es zeigt sich auch in seiner Hirnaktivität, wie schnell er sich dabei mental entspannt."

„Das ist ja hochinteressant."

Jan hatte sich etwas vorgebeugt und aufmerksam zugehört.

„Davon höre ich zum ersten Mal. Gibt es schon Ergebnisse? Entspannt er sich in der Schwerelosigkeit so schnell wie auf der Erde?"

„Ja, die Öffentlichkeitsarbeit für dieses Experiment könnte besser sein", gab Klara zu. „Da ließe sich viel mehr machen, aber vielleicht kommt das noch. Bisher sind ja noch keine Ergebnisse publiziert. Die Meditation scheint so gut zu funktionieren wie hier unten. Jedenfalls hat Mark keinen Unterschied feststellen können. Weil in der Schwerelosigkeit der Körper im entspannten Zustand eher eine Embryonalstellung annimmt, trommelt Mark mehr auf seinen Oberschenkeln, als er es auf der Erde sonst tun würde. Aber ob sich bei seinen Improvisationen signifikant andere rhythmische Muster ergeben, weiß er selbst nicht. Er hört sich die Aufnahmen ganz bewusst nicht an."

Jan nickte langsam.

„Ich verstehe", sagte er nachdenklich. „Herzschlag und Atmung bleiben als Grundlage des Rhythmusempfindens auch in der Schwerelosigkeit erhalten, aber das Gehen fällt weg, das Gefühl von Gewicht. Stimmt, das müsste sich eigentlich auf das Rhythmusgefühl auswirken, zumindest über längere Zeit."

„Ganz genau." Klara war beeindruckt, wie schnell Jan das Forschungsprojekt verstanden hatte. „Das ist eine zentrale Fragestellung des Experiments. Du solltest dich unbedingt mal mit Mark ..."

„Lammsouvlaki mit Pommes!", unterbrach sie der durchdringende Ruf des Kellners. „Wer bekommt das?"

Klara drehte sich zu ihm und winkte. „Das ist für mich, bitte!"

20

Jaiya erklomm einen Felsen, um besser sehen zu können, wie sich das letzte Sonnenlicht im Wasser spiegelte. Für einen Moment schien die versinkende Feuerkugel das Meer zu entzünden. Wellen funkelten wie Flammen, die kurz, aber heftig aufzulodern schienen. Dann berührte die Sonne das Wasser, tauchte nach und nach ein. Mit ihr zog sich auch das

Feuer auf dem Meer zurück, als würde die Sonne ein glühendes Netz hinter sich herziehen. „Tomo“, flüsterte Jaiya.

Jetzt war von der Sonne nur noch ein schmaler Rand zu sehen, der Jaiya nicht mehr blenden konnte. Während er rasch kleiner wurde, ließ sie ihn nicht aus den Augen. Regungslos beobachtete sie, wie er verschwand, noch einmal kurz aufblitzte. Dann war die Sonne fort, untergetaucht. Die Nacht hatte begonnen.

Jaiya wurde schwindlig. Seit die Sonne verschwunden war, hatte sie den Atem angehalten. Sie bemerkte es erst, als ihr Körper ins Taumeln geriet. Sie machte einen Ausfallschritt, legte dabei den Kopf etwas in den Nacken.

Und in dem Moment, in dem sie tief Luft holte, sah sie ihn. Der schnelle Wanderer war schon da. Etwas weiter links und höher als dort, wo sie ihn gesucht hatte, zog er seine Bahn am Himmel, entsprungen aus der Glut der versinkenden Sonne, die immer noch hell genug war, um ihn auf dem ersten Stück seines Weges zu überstrahlen. Aber er bewegte sich genau so, wie Jaiya es erwartet hatte. Sie spürte ihn, als würde sie mit ihm tanzen, entspannte sich, lächelte ihm zu. Sie stellte den Korb mit den Blüten ab, um ihrem treuen Freund am Himmel die Arme entgegen zu strecken.

Mitten in der Bewegung erstarrte sie erneut.

Der Wanderstern war nicht mehr allein. Hinter ihm folgte ein zweiter. Nicht so hell wie der erste, aber deutlich zu sehen. Je höher die beiden in den dunklen Abendhimmel aufstiegen, desto klarer waren sie zu erkennen. Sie bewegten sich gleich schnell, auf der gleichen Bahn. Dann blitzte der kleinere Wanderer kurz auf, fast so hell wie der große vor ihm, verblasste gleich darauf wieder, blieb aber sichtbar. Jaiya verfolgte die beiden Himmelsboten, bis sie hinter den Baumkronen verschwanden.

Sie hatte ein Zeichen erwartet. Sie hatte es bekommen.

21

„Kirgisisch Brot“, sagte Juri, nachdem alle ihre Portion bekommen hatten. „Butomus umbellatus, auf Englisch als Flowering Rush bekannt, auf Deutsch als Schwanenblume. Eine der ältesten Speisen der Menschheit, jetzt zum ersten Mal im Weltraum angebaut und zubereitet.“

Er ließ seine Worte einen Moment wirken. Die anderen wirkten etwas ratlos. Sie sagten nichts und machten auch keine Anstalten, mit dem Essen zu beginnen. Juri wirkte auf den ersten Blick so sicher und gelöst wie immer. Doch seine Gefährten hatten jetzt schon zu viel Zeit mit ihm auf engstem Raum verbracht, um nicht zu bemerken, dass sein Lächeln etwas angestrengter wirkte als sonst, seine Bewegungen nicht ganz so locker und geschmeidig erfolgten wie gewohnt.

„Die Früchte sind vielleicht etwas klein geraten“, fuhr er fort. „Aber sie sind sehr stärkehaltig. Die Kirgisen backen sie normalerweise in Asche und essen sie wie Brot, übrigens auch die Kalmücken und Jakuten. Auf die Asche musste ich natürlich verzichten und habe sie ganz normal im Backofen erhitzt. Ich hoffe, sie schmecken trotzdem. Nehmt sie einfach in die Hand.“

Suneetha machte den Anfang. Sie griff sich eine Knolle, biss ein Stück ab und begann zu kauen. Die anderen taten es ihr gleich. Juri wartete, bis alle mit dem Essen begonnen hatten und probierte dann erst selbst von dem Gericht. Eine Weile kauten alle stumm.

„Und das ist eine der ältesten Speisen der Menschheit?“, fragte Nick schließlich.

„Schmeckt es dir?“, fragte Juri zurück.

Nick zögerte. „Ich weiß noch nicht so recht.“

Er versuchte, dem Geschmack der Frucht nachzuspüren, die er inzwischen verschluckt hatte.

„Du weißt doch selbst, wie der Geschmackssinn hier oben degeneriert. Aber doch … es ist interessant."

„Interessant, aha." Juri schaute in die Runde.

„Es erinnert tatsächlich ein wenig an Brot", sagte Suneetha. Sie dachte kurz nach. „Zugleich trocken und fruchtig, merkwürdig."

„Und wie kommst du nun darauf, dass dies eine so alte Speise sein soll?", fragte Mark. „Ich habe noch nie von der Schwanenblume gehört, geschweige denn von einem Gericht, das daraus zubereitet wird."

„Schmeckt sie dir denn?" Juri blieb hartnäckig.

Von seiner anfänglichen Nervosität war kaum noch etwas zu spüren.

„Ach, Juri", seufzte Mark, lächelte aber dabei. „Da geht es mir wie Nick. Wenn ein Gericht nicht extrem scharf gewürzt ist, schmecke ich hier gar nichts mehr. Frag mich in einem halben Jahr noch einmal, wenn wir wieder fest mit den Beinen auf der Erde stehen und sich alles halbwegs normalisiert hat."

„Ach ja, die Körpersäfte, die sich im Kopf sammeln und im All angeblich alles durcheinander bringen, sind immer für eine Ausrede gut."

Juri versuchte, beleidigt zu wirken, doch es gelang ihm nicht besonders gut.

„Aber ihr habt schon recht. Haute Cuisine ist das sicherlich nicht. In Europa galt es sogar als Arme-Leute-Essen, auf das nur in Notzeiten zurückgegriffen wurde. Trotzdem kann man es mit Fug und Recht als kulinarischen Meilenstein bezeichnen. Immerhin haben sich Menschen schon vor 800 000 Jahren von diesen Knollen ernährt."

Nick nahm noch ein Stück Knolle, kaute darauf herum und sagte: „Dafür sind sie noch erstaunlich frisch."

Die anderen lachten dankbar über den Scherz, auch Juri, dessen Anspannung sich nun gelöst zu haben schien. Sie alle hatten gespürt, wie viel ihm an dieser Mahlzeit lag.

„Die Schwanenblume zählte zu den mehr als fünfzig Nahrungspflanzen, die bei Ausgrabungen im Norden Israels gefunden wurden", erklärte er nun. „Gesher Benot Ya'aqov heißt die Fundstätte. In der Altsteinzeit lag sie am Ufer eines Sees und war offenbar über lange Zeit ein ausgiebig genutzter Lagerplatz. Inzwischen ist sie vom Jordan überflutet, nachdem der Fluss künstlich vertieft wurde. Bevor das geschah, ist die Stelle aber gründlich untersucht worden. Dabei wurden nicht nur deutliche Hinweise auf den Gebrauch des Feuers gefunden, sondern auch Spuren von Pflanzen, die offenbar in der Glut zubereitet worden waren."

Er ließ seine Worte einen Moment wirken, bevor er fortfuhr.

„Die Schwanenblume ist nicht die einzige dort gefundene Pflanze, die heute noch verzehrt wird. Es wurden zum Beispiel auch Samen der Stachelseerose nachgewiesen, die in Asien unter dem Namen Makhana heute immer noch beliebt sind. Auf der Suche nach einem passenden Gericht, um den Abschied von der Raumstation zu feiern, lag die Schwanenblume aber näher – durchaus im wörtlichen Sinn: Nur wenige hundert Kilometer südöstlich von dem Ort, von wo aus wir die Reise hierher angetreten haben, wird diese Pflanze heute noch verzehrt. Die Samen habe ich dort beschafft, gekeimt und gewachsen sind die Pflanzen aber hier im Gewächshausmodul. Ich habe sie euch heute zubereitet, um ein Zeichen der Kontinuität zu setzen. Es wird weitergehen, auch wenn wir mit der Abtrennung des Gewächshauses morgen das Ende der Internationalen Raumstation einleiten. Diese Pflanzen haben unsere Vorfahren vor einer Million Jahren ernährt. Sie werden auch unsere Nachkommen begleiten, wenn sie zu anderen

Welten aufbrechen und in den kommenden Jahrtausenden das Sonnensystem besiedeln. Mit dieser Raumstation geht in der Geschichte der Raumfahrt lediglich ein Kapitel zuende, aber nicht die Geschichte selbst. Es werden noch viele Kapitel folgen. Davon bin ich überzeugt."

Juri griff zu einem Getränkebeutel, in dem bereits ein Strohhalm steckte. Auch die anderen nahmen ihre Getränke und prosteten sich zu. Eine Weile aßen sie schweigend die Schwanenblumenwurzeln.

„Danke, Juri", sagte Nick schließlich. „Das war eine sehr gute Idee. Und du hast natürlich recht: Es geht weiter, ganz sicher."

Er dachte kurz nach.

„Vielleicht etwas langsamer als bisher. Die Frage ist auch, ob wir jemals wieder so ein gemeinsames Projekt auf die Beine stellen werden."

„Die Frage ist: wann", widersprach Juri. „Nicht: ob."

„Es schmeckt übrigens ganz ausgezeichnet, Juri", sagte Mark. „Deine Erläuterungen scheinen meine Zunge sensibilisiert zu haben. Und dein Optimismus gefällt mir. Aber ich glaube, ich kann ihn nicht ganz teilen. Im Moment bewegen wir uns doch mit Riesenschritten in die entgegengesetzte Richtung."

Juri nickte bedächtig, während er die letzten Stücke Kirgisisch Brot zusammensuchte. Es war keine Geste der Zustimmung, sondern eher der Anerkennung des Standpunktes. Natürlich, so konnte man es sehen. Es gab wahrlich keinen Mangel an Gründen, pessimistisch zu sein. Aber er hatte erst einmal genug geredet und war neugierig auf die Einschätzungen der anderen.

Statt seiner antwortete Nick.

„Es ist wohl auch eine Frage der Perspektive", sagte er und wandte sich zu Mark. „Im Westen erleben wir es als einen großen Niedergang, nicht nur der Raumfahrt. Wir haben unsere internationale Führungsrolle verloren. Weil wir selber nicht mehr wissen, wohin es gehen soll, können wir der übrigen Welt keine Ziele mehr vorgeben. Das Potenzial unserer Gesellschaften ist zwar immer noch gewaltig, wir wären in der Lage, riesige Projekte zu stemmen. Aber wir sind auch zutiefst verunsichert. Die alten Ideale greifen nicht mehr, neue haben sich noch nicht herauskristallisiert. Wir müssen uns erst wieder neu finden. Das wird eine Weile dauern. Bis dahin müssen wir die Initiative anderen überlassen. China zum Beispiel."

Er sah Suneetha an. „Und Indien natürlich."

„Ja, du hast wohl recht", sagte Suneetha. „Die internationale Raumfahrt befindet sich in einer tiefen Krise, keine Frage. Die bemannte Raumfahrt jedenfalls. Ich weiß nicht, wie man die Auflösung der Internationalen Raumstation ohne ein Nachfolgeprojekt sonst bezeichnen sollte. Doch eine Krise ist noch nicht das Ende. Die Gewichte verschieben sich, neue Bündnisse entstehen, die Rollen werden neu verteilt. Kurzfristig gibt es dabei Gewinner und Verlierer, und mein Heimatland zählt sicherlich zu denen, die von diesem Wandel profitieren, weil seine Bedeutung zunimmt. Aber langfristig werden alle gewinnen. Der Weltraum gehört der Menschheit, nicht einzelnen Ländern. Wir werden ihn nur gemeinsam als Lebensraum erschließen können, andernfalls werden wir scheitern."

Als nicht gleich jemand etwas erwiderte, fügte sie etwas leiser hinzu: „Natürlich ist auch das Scheitern eine leider sehr realistische Option. Eine Erfolgsgarantie gibt es nicht. Dennoch neige ich letztlich eher zu Juris optimistischer Sicht der Dinge. Und das hängt sicherlich mit meinen indischen Wurzeln zusammen."

Die Vorspeise war verzehrt.

„Ja, es ist eine Frage der Perspektive", sagte Juri, während er sich vom Tisch abstieß. „Vor allem spielt es eine Rolle, aus welchem Abstand man sich das alles ansieht. Aber jetzt kommt erst einmal der nächste Gang."

Als Hauptgericht servierte er ein grünes Chili. Es stammte aus ihrem Vorrat an Fertiggerichten, nicht aus eigener Ernte. Juri hatte es lediglich aufwärmen müssen. Nicht nur wegen der Schärfe zählte es zu ihren Lieblingsspeisen. Die verschiedenen Zutaten hafteten auch gut zusammen, sodass sich die Speise in der Schwerelosigkeit sehr gut handhaben ließ.

Juri hatte vier Portionen in frisch geerntete Salatblätter gewickelt, sodass sie von der würzigen Masse wie bei einer Scheibe Brot Stücke abbeißen konnten. Krümel, die davonschweben konnten, entstanden dabei so gut wie gar nicht. Das Essen erforderte relativ wenig Konzentration und erlaubte eine entspanntere Unterhaltung.

Genau das war Juris Absicht, der mit dem Hauptgang jetzt auch zum eigentlichen Kern seiner Ansprache an die Besatzung kam.

„Wir Russen denken gerne in Stufen, idealerweise drei", begann er. „Das ist vielleicht auch ein Grund, warum ein Russe zuerst auf die Idee kam, mit einer Mehrstufenrakete ins All zu reisen ..."

„Vergiss nicht Conrad Haas", unterbrach ihn Mark sofort. „Er hat Raketen mit mehreren Stufen schon im sechzehnten Jahrhundert beschrieben, mehr als drei Jahrhunderte vor Ziolkowski."

„Das ist schon richtig", räumte Juri ein. „Aber erst Ziolkowski hat den Gedanken mathematisch ausformuliert, sodass Ingenieure darauf aufbauen und die Idee realisieren konnten. Erst mit ihm beginnt eine kontinuierliche Entwicklung."

Er machte eine kurze Pause.

„Eigentlich schon mit Jules Verne. Er inspirierte mit seinen Geschichten junge Leser wie Ziolkowski oder bei euch in Deutschland Hermann Oberth. Leute, die intensiv darüber nachdachten, wie realistisch solche Fantasien waren. Sie entwickelten aus diesen Überlegungen heraus die Formeln, die der nächsten Generation wiederum als Grundlage für die technische Umsetzung dienten."

Juri schaute in die Runde.

„Vision, Theorie, Praxis: Die Entwicklung der Stufenrakete, die uns hierher gebracht hat, erfolgte selbst in drei Stufen. Das ist der entscheidende Unterschied zu Conrad Haas: Auf seine Vision folgte keine Theorie, dafür fehlten noch die Grundlagen. Galilei und Kepler waren noch nicht geboren, haben von Conrads Ideen wahrscheinlich nie erfahren, und ob sie in der Lage gewesen wären, die Raketengleichung zu formulieren, ist fraglich."

Niemand widersprach.

„Jedenfalls mögen wir das in Russland", fuhr Juri fort, „erste, zweite, dritte Stufe, diese Art von Systematik."

„Mir fallen dazu die kosmischen Geschwindigkeiten ein", sagte Mark. „Meinst du die?"

„Genau, ein gutes Beispiel. Im Westen orientiert ihr euch immer am jeweiligen Zweck einer Weltraummission, sprecht von Orbitalgeschwindigkeit, Fluchtgeschwindigkeit, Transferorbits und so weiter. Russen suchen dagegen nach der grundlegenden Ordnung: Die kosmischen Geschwindigkeiten gelten fürs ganze Universum, für alle Himmelskörper."

„Kosmische Geschwindigkeiten?" Suneetha wirkte etwas ratlos. „Muss ich das kennen?"

„Das ist schnell erklärt", sagte Juri. „Die Einfachheit und Klarheit ist schließlich ein großer Vorzug der Einteilung in Stufen. Die erste kosmische Geschwindigkeit entspricht der Orbitalgeschwindigkeit, die erforderlich ist, damit ein Objekt im Orbit um einen Planeten oder Mond bleibt. Die zweite ist die Fluchtgeschwindigkeit, mit der du dem Schwerefeld des Planeten entkommmst. Die dritte beziffert die erforderliche Fluchtgeschwindigkeit, um den Stern zu verlassen, den der Planet umkreist. Und die vierte kosmische Geschwindigkeit musst du erreichen, wenn du deine Heimatgalaxis verlassen willst."

Suneethas Blick hellte sich auf.

„Doch, jetzt erinnere ich mich. Darüber haben wir natürlich in unserem Astrodynamik-Kurs gesprochen. Wir haben auch darüber diskutiert, ob es eine fünfte kosmische Geschwindigkeit gibt."

„Wozu soll die gut sein?", fragte Nick. „Um dem Universum zu entkommen?"

„Ganz genau", sagte Juri. „Oder einer größeren, den Galaxien übergeordneten Struktur, die wir noch nicht kennen."

Zu Suneetha gewandt fragte er: „Und zu welchem Ergebnis seid ihr gekommen?"

„Zu keinem."

Juri nickte. „Das haben philosophische Diskussionen so an sich. Ähnlich wie bei den Kardaschow-Zivilisationen, benannt nach Nikolai Kardaschow, der in der Sowjetunion als erster ernsthaft nach Signalen außerirdischer Intelligenz gesucht hat. Er hat angenommen, dass es in unserem Universum drei Zivilisationsstufen geben könnte: Stufe eins nutzt die Ressourcen ihres Heimatplaneten, Stufe zwei die Ressourcen ihres Heimatsterns, Stufe drei die ihrer Heimatgalaxis."

„Und Stufe vier wären dann die Herren des Universums", sagte Nick. „Ist das auch Philosophie? Oder schon Theologie?"

„Vielleicht Anthropologie", schlug Juri vor. „Möglicherweise kommt in der Frage ein menschliches Bedürfnis zum

Ausdruck, hinter allem einen lenkenden, schöpferischen Geist sehen zu wollen. Aber es liegt natürlich auch im Stufenprinzip selbst. Es ist nach oben nicht abgeschlossen und lädt immer zu Spekulationen über noch eine weitere Stufe ein. Mag sein, dass zukünftige Generationen eines Tages eine fünfte kosmische Geschwindigkeit und eine vierte Zivilisationsstufe physikalisch oder auf eine andere überzeugende Weise begründen können. Für mich sind das vorerst philosophische Spekulationen, die mich nicht übermäßig interessieren. Mir genügen fürs erste drei Stufen."

„Aller guten Dinge sind drei", unterbrach ihn Mark. „So sagen wir es auf Deutsch. Kennt ihr das auch?"

Nick und Suneetha nickten. „Auf Englisch klingt es ganz ähnlich", sagte Nick. „The best things come in threes. Mit deiner Vorliebe für die Zahl drei scheinst du nicht allein zu stehen, Juri."

„Nein, gewiss nicht", bestätige Juri. „In Russland sagen wir: Bog tróitsu ljúbit – Gott liebt die Dreifaltigkeit. Das verweist auf einen religiösen Ursprung dieser Denkweise, aber ich glaube, dass die Wurzeln noch weiter zurückreichen. Möglicherweise kommt in der Dreiteilung sogar ein universales Prinzip zum Ausdruck, ein allgemeines Gesetz der Erkenntnis, das nicht nur bei uns Menschen oder auf der Erde gilt, sondern überall. Das ist eine spannende Frage, über die ich aber gerne ein anderes Mal mit euch reden möchte."

Er hatte inzwischen sein Hauptgericht verspeist und trank einen Schluck Wasser, bevor er fortfuhr. Seine Körperhaltung und Mimik verrieten, dass ihm das nun Folgende sehr wichtig war.

„Morgen beginnen wir mit der Demontage der Raumstation. Wir werden noch eine Weile zusammen hier oben bleiben, weiter forschen, aufräumen, die Stilllegung der verschiedenen Sektionen vorbereiten. Es gibt noch genug zu tun und es wird sicherlich nicht langweilig werden. Dennoch ist die Abtrennung des Gewächshausmoduls morgen gewissermaßen der Anfang vom Ende. Ein trauriger Moment, danach ist die Raumstation nicht mehr komplett und wird es nie wieder sein. Und es ist derzeit noch völlig ungewiss, wie und wann es danach weitergeht. Ich möchte diesen Moment nutzen, um euch zu erklären, warum ich trotzdem optimistisch bin, warum ich daran glaube, dass die Menschheit auf ihrem Weg von Stufe eins zu Stufe zwei auf der Kardaschow-Skala weiter voranschreiten wird. Unser Beitrag dazu wird nicht vergeblich gewesen sein."

Die anderen hörten ihm aufmerksam zu, während sie die Reste ihrer Chilis verspeisten.

„Kardaschow hat sich bei der Einteilung in diese verschiedenen Stufen an der Menge der Energie orientiert, die den Zivilisationen jeweils zur Verfügung stehen. Ein Stern bietet mehr Energie als ein Planet, eine ganze Galaxis natürlich noch viel mehr. Doch es geht nicht allein um die Menge der Energie. Ich glaube, da war Kardaschow selbst noch im alten Denken befangen. Mindestens ebenso wichtig ist die Art der Energie. Wenn die Menschheit von einer planetaren zu einer stellaren Spezies wird, wenn sie statt der Erde die Sonne zu ihrem Lebensmittelpunkt macht, wechselt sie zugleich von der chemischen zur nuklearen Energie. Der Übergang von Stufe eins zu Stufe zwei ist zugleich der Übergang vom Zeitalter des Feuers zum Atomzeitalter."

Juri bemerkte Marks skeptischen Gesichtsausdruck und kam seinem Einwand zuvor.

„Ich weiß, in Deutschland wollt ihr von der Kernenergie nichts wissen. Und damit habt ihr auch völlig recht. Atomzeitalter heißt nicht, dass wir lauter Kernkraftwerke errichten müssen, sondern es bedeutet, dass wir verstanden haben, zumindest ansatzweise, wie die Sonne funktioniert. Die Frage, woher sie ihre unermessliche Energie bezieht, hat die Forschungen, die uns schließlich zur Entdeckung der in den Atomkernen wirkenden Kräfte geführt haben, entscheidend motiviert. Wir können daher ebenso vom gerade beginnenden solaren Zeitalter sprechen: Statt des chemischen Feuers, in dem Holz, Kohle, Öl oder Gas verbrannt werden, rückt das nukleare Feuer der Sonne ins Zentrum unseres Lebens. Die meisten Menschen, so scheint mir, haben das Wesen dieses Epochenwechsels noch nicht verstanden. Über achtzig Jahre nach den ersten Atombombenexplosionen versuchen sie immer noch, das neue Zeitalter mit den Kategorien des alten zu begreifen. Also in erster Linie quantitativ. Kernenergie bedeutet demnach vor allem: mehr Energie, viel mehr. Sie scheint eine Fortsetzung der Politik der Maßlosigkeit und des ungezügelten Wachstums auf unabsehbare Zeit zu versprechen."

Suneetha sprach die Zweifel aus, die alle empfanden.

„Aber gerade in den letzten Jahren sind die Verfechter eines unbegrenzten Wachstums doch zunehmend in die Defensive geraten", wandte sie ein. „Der Begriff Wachstum wird mittlerweile viel seltener und vorsichtiger verwendet."

„Das stimmt schon", sagte Juri. „Doch da ist viel taktische Rhetorik im Spiel. Mit dem Begriff ist nicht zugleich auch die Idee verschwunden. Sie scheint mir jedenfalls noch nicht nennenswert an Wirkungsmacht eingebüßt zu haben. Auch mit den Begründungen der Wachstumskritiker bin ich nicht immer einverstanden. Mir fehlt die historische Einordnung, der Bezug zu der großen Zeitenwende, die wir gerade erleben – aber häufig nicht als solche wahrnehmen, weil sie sich über mehr als ein Menschenleben erstreckt."

Juri trank einen Schluck Wasser. Als niemand von den anderen etwas sagte, fuhr er fort.

„Wenn wir dagegen die gesamte bisherige Geschichte der Menschheit betrachten, erscheint sie als eine Geschichte der Beschleunigung in drei Stufen. Dabei ist die erste Stufe bei Weitem die größte, sie zündete vor etwa eineinhalb Millionen Jahren, als die ersten Menschen begannen, das Feuer zu kultivieren, und brannte über 99 Prozent der seitdem vergangenen Zeit."

„Eine Rakete mit einer so langen ersten Stufe wäre schon ein ziemlich seltsamer Anblick." Nick rechnete rasch nach. „Die zweite Stufe zündete demnach vor 15000 Jahren?"

„Ungefähr", bestätigte Juri. „Der zweite Beschleunigungsschub erfolgte jedenfalls mit dem Übergang vom Nomadentum zur Sesshaftigkeit. Die effizientere Nutzung des Bodens durch Landwirtschaft und Viehzucht erlaubte es, mehr Kinder zu ernähren, die wiederum noch mehr Land urbar machen mussten, um ihre eigenen Familien zu ernähren. So kam eine sich selbst verstärkende Nachfrage nach Grund und Boden in Gang. Das Leben – nein, die menschliche Kultur schaltete einen Gang höher."

„Lass mich raten", sagte Mark. „Der nächste Schub kommt dann mit der Dampfmaschine und der Industrie."

„Das ist ein wichtiger Punkt." Juri lehnte sich zurück und schaute in die Runde.

„Im Prinzip hast du recht. Die beiden großen Schwungräder der Menschheitsgeschichte waren die Sesshaftigkeit und vor allem die Industrie. Und die Dampfmaschine ist zweifellos der Motor der Industrialisierung. Doch gezündet wurde diese dritte und letzte Stufe lange, bevor James Watt die Dampfmaschine einsatztauglich machte. Die zentrale technische Innovation, die die Industrialisierung überhaupt erst möglich gemacht hat, bestand darin, die Kraft des Feuers in Bewegungsenergie umzuwandeln. Und das gelang zuerst mit der Kanone und dem Schießpulver. Als die ersten Kanonenkugeln flogen, gerieten zuerst Europa und bald darauf die ganze Welt endgültig in den Rausch der Geschwindigkeit."

Zweifelnde Blicke antworteten ihm.

Nick sprach es aus: „Aber die Bewegung erfolgt nur in eine Richtung. Mit einer Kanone lässt sich eine Maschine nicht antreiben, nur zerstören."

Auf diesen Einwand schien Juri gewartet zu haben.

„Das stimmt", sagte er. „Gleichwohl war die Kanone die erste Lösung dieses grundlegenden Problems der Umwandlung von chemischer in kinetische Energie. Die erste Wärmekraftmaschine. Und tatsächlich inspirierte sie bereits Forscher, über die Erzeugung einer regelmäßigen Bewegung mit Feuerkraft nachzudenken. Christiaan Huygens zum Beispiel. Ihr kennt ihn wahrscheinlich als Astronom oder Mathematiker, als Entdecker der Saturnringe. Er hat aber auch versucht, Pumpen für Wasserspiele in den königlichen Gärten von Versailles mit Schießpulver zu betreiben. Das war hundert Jahre, bevor James Watt die Dampfmaschine dann endlich so weit verbesserte, dass sie die kulturelle Beschleunigung auf Fluchtgeschwindigkeit bringen konnte. Die Grundlage dafür hat aber die Kanone geschaffen – auch dadurch, dass sie die Geschäftsmodelle Krieg und Sklavenhandel auf ein neues Niveau hob und dadurch die für den Aufbau der Industrie nötigen Kapitalströme nach Europa lenkte."

Er ließ seine Worte einen Moment wirken.

„Ich weiß, dass dieser Teil der Geschichte gern ausgeblendet wird und meistens die genialen Ingenieure und mutigen Geschäftsleute in den Vordergrund gestellt werden. Aber wer die Gewalt verschweigt, mit der die Industrialisierung durchgesetzt wurde, verschweigt einen ganz wesentlichen Teil der Geschichte. Wir dürfen das nie vergessen."

„Sicher" erwiderte Nick. „Ich fürchte nur, das allein ist nicht genug. Denn wer wird schon gern an seine Untaten erinnert? Vor allem, wenn er selbst sie gar nicht begangen hat, sondern seine Vorfahren. Die Menschen in Europa wie in Amerika wollen ihren Wohlstand mit gutem Gewissen genießen und nicht ständig daran erinnert werden, wie viel Blut dafür geflossen ist. Geschehen ist geschehen, denken viele. Alles sehr bedauerlich, aber leider auch nicht mehr zu ändern. Selbst wenn ich eingestehe, dass Völkermord und Sklavenhandel keine ‚Betriebsunfälle' waren, sondern zentrale Elemente des Geschäftsmodells, mit dem das Grundkapital des westlichen Lebensstils erwirtschaftet wurde: Was fange ich mit diesem Wissen an? Welche Konsequenz soll dieses ‚nie vergessen' haben?"

„Vielleicht, dass wir vorerst nicht auf dem Mars landen sollten?" warf Mark ein.

Er erzählte kurz von seinem Gespräch mit der Schulklasse und der Kritik der Schüler an der Glorifizierung der Entdeckungsreisen.

„Sie störten sich auch am Namen des europäischen ISS-Moduls. Columbus und die europäischen Entdecker seien für den Erstkontakt mit fremdem Leben kein akzeptables Vorbild, meinten sie."

Die anderen nickten zustimmend.

„Recht haben sie", sagte Nick. „Deutsche Schüler stellen gute Fragen, gerade zur Geschichte, das ist mir schon oft aufgefallen. Während unserer Trainingseinheit in Köln habe ich viele gute Gespräche geführt. Ist das ein positives Erbe eurer negativen Vergangenheit?"

„Vielleicht", entgegnete Mark vorsichtig. „Vor den Verbrechen des Zweiten Weltkriegs konnte schließlich niemand auf Dauer die Augen verschließen. Wir waren die Bösen und wir hatten verloren. Vielleicht hat uns das dazu erzogen, unangenehme Fragen und den Blick in seelische Abgründe etwas besser auszuhalten. Ich hoffe es."

„Wenn du solche Gespräche mit Schülern führen kannst, hat sich die Hoffnung schon erfüllt", sagte Juri. „Und es nährt meine Zuversicht, dass wir doch noch rechtzeitig aus dem Feuerrausch erwachen, in den wir uns über so viele Generationen hineingesteigert haben. Seit Jahrhunderten lassen wir uns von diesem Jubel der Entgrenzung hinreißen, beherrscht uns das Triumphgefühl, die Beschränkungen der Natur hinter uns gelassen zu haben, nicht mehr abhängig zu sein von Wind oder Wasser, um Mühlenräder oder andere Maschinen anzutreiben."

Juri schaute in die Runde.

„Und dann gab es auch noch diese unermesslichen Vorräte an Brennstoff! Wisst ihr, wo die ersten Lokomotiven eingesetzt wurden? Sie haben keine Passagiere transportiert, das geschah erst später. Die ersten Zugmaschinen fuhren in Bergwerken. Sie verbrannten Kohle, um noch schneller Kohle zu fördern. Ist das nicht verrückt? Da kam eine sich selbst verstärkende Spirale der Gier, Maßlosigkeit und Gewalt in Gang, gegen die der Beschleunigungsschub der Sesshaftigkeit wie ein gemütlicher Spaziergang wirkt. Mehr. Noch mehr. Immer mehr. Das ist seitdem das alles überstrahlende Ideal der Menschheit. In weniger als 300 Jahren verfeuerten wir den größten Teil der über Jahrmillionen gebildeten fossilen Brennstoffe. Wir trieben die kulturelle und technologische Entwicklung in immer kürzeren Zyklen voran – bis Mitte des 20. Jahrhunderts der Gipfel erreicht war, als erstmals Raketen in den Weltraum vordrangen und die ersten Atombomben den Beginn eines neuen Zeitalters verkündeten."

Er hielt einen Moment inne, trank einen Schluck.

„Seitdem stolpert die Menschheit durch die Geschichte, will nicht aus dem Rausch der Beschleunigung und des enthemmten Wachstums erwachen, weiß damit aber auch nicht mehr viel anzufangen. Vielleicht ist das normal? Wir wissen nicht, ob und wie andere Zivilisationen diesen Übergang bewältigt haben, über wie viele Generationen sich so ein Epochenwechsel üblicherweise hinzieht, wie viele Rückschläge er verkraften kann. Wie oft er misslingt. Oder sind wir in der Milchstraße womöglich die ersten, die sich anschicken, eine Zivilisation der Stufe 2 auf der Kardaschow-Skala zu erschaffen und unseren Heimatstern zu unserem Lebensmittelpunkt zu machen? Ich finde den Gedanken etwas erschreckend, lieber wäre es mir, wir würden auf andere, reifere Zivilisationen stoßen, die uns auf dem schwierigen Weg helfen könnten. Aber möglich ist es, dass wir eine galaktische Führungsrolle übernehmen müssen. Jedenfalls ..."

Juri straffte seinen Körper und schaute jedem seiner Gefährten kurz in die Augen.

„Ich habe wieder einmal zu viel geredet, entschuldigt bitte. Um es kurz zu machen: Es gibt viele und gute Gründe, daran zu zweifeln, dass der Menschheit der Sprung auf die nächste Stufe gelingen könnte. Aber ich weigere mich, die große Vision eines gemeinsamen Aufbruchs der Menschheit in ein neues Zeitalter aufzugeben. Und das liegt an euch."

Er schaute noch einmal in die Runde.

„Mit euch zusammen hier oben in dieser Röhre liegt mir der Gedanke, dass wir scheitern könnten, ferner als alle Galaxien, die irdische Teleskope jemals gesehen haben."

Seine ernste Miene löste sich und machte einem Lächeln Platz.

„Sagt es bitte nicht weiter, aber um darauf mit euch anzustoßen, habe ich etwas ganz Besonderes vorbereitet, eine russische Spezialität ..."

Er stieß sich von der Tischplatte ab, um das Dessert zu holen, doch sie sollten nie erfahren, um was für eine Spezialität es sich handelte. Denn in diesem Moment übertönte ein hässliches Quieken, das sich ständig wiederholte, die ohnehin schon lauten Hintergrundgeräusche der Raumstation. Es war ein unangenehmes Geräusch, nicht nur wegen seines schrillen Klanges, sondern vor allem wegen seiner Bedeutung, die sie alle sofort erkannten und die sie für einen Moment erstarren ließ: Alarm! Druckverlust!

22

Bevor Jaiya das Feuer entfachte, verteilte sie die Hibiskusblüten sorgfältig auf einigen Stücken feuchter Rinde, die sie flach auf den Holzhaufen legte. Einige der Umstehenden machten anerkennende Bemerkungen zu der Auswahl, die Blüten aller Entwicklungsstadien umfasste. Auch einige Knospen und junge Blätter waren dabei. So sollten sich auch die Menschen wandeln, immer wieder neue Seiten von sich zeigen, prachtvoll erblühen, in Schönheit verwelken.

Jaiya wickelte trockenes Gras um einen dünnen Ast, hielt ihn in die bereitstehende Glut und pustete leicht darauf. Sogleich sprangen Flammen daraus hervor. Jaiya erhob sich mit der brennenden Fackel, verneigte sich vor der toten Schildkröte, dann vor dem sorgfältig aufgeschichteten Brennholz daneben. Sie bewegte sich langsam und würdevoll, als sie um den Haufen herum schritt und an jeder der vier Seiten die Fackel an die Unterseite hielt.

Danach verneigte sie sich noch einmal, blieb dann einen Moment mit dem brennenden Ast in der Hand aufrecht stehen, bevor sie ihn auf den Holzhaufen legte, wo die Flammen sich rasch nach oben arbeiteten.

Inzwischen standen nur noch Frauen um das Feuer. Die Nasenfrauen. Sie bildeten einen engen Kreis, jede von ihnen wollte die erste sein, die vom Duft des Hibiskus berührt wurde.

Als Jaiya begann, abwechselnd in die Hände und auf ihre Schenkel zu klatschen und das Lied der Schildkröte zu singen, taten sie es ihr gleich. Im Takt neigten sie sich hin und her und umkreisten in kleinen Schritten das Feuer. Dort züngelten die Flammen inzwischen bis zu den Rindenstücken hoch, an deren Rändern immer dichtere Schwaden aus Rauch und Dampf aufstiegen. Es ging so gut wie kein Wind. Beim Klatschen streckten die Frauen die Arme weit nach vorn, um sich gegenseitig den Rauch zuzuwedeln.

Als eine von ihnen entzückt aufschrie, beendeten sie ihren Tanz, blieben abrupt stehen und reckten die Nasen vor. Jetzt wedelten sie sich selbst den Rauch zu, jauchzten laut und vergnügt, dann sprangen sie auseinander, um den Platz am Feuer für alle anderen frei zu machen.

Jeder lief einmal um das Feuer herum, um den magischen Duft einzuatmen, und versammelte sich dann mit den anderen Dorfbewohnern in einem größeren Kreis.

Direkt am Feuer standen jetzt nur noch die vier Jungen, deren Fastenzeit heute zu Ende ging. Mit dem Feuer im Rücken schauten sie auf die klatschenden und singenden Menschen, die immer wieder die gleichen Worte wiederholten. Die Jungen sollten von ihrer Zeit ohne Schildkrötenfleisch erzählen. Wie war es ihnen ergangen? Hatten sie sich verändert?

Die vier Jungen wiederum antworteten, immer wenn die anderen eine Pause machten, mit einem eigenen Gesang: „Unsere Geschichten wollt ihr hören? Macht euch auf was gefasst! Seid ihr bereit?“

So ging es eine Weile hin und her, bis alle sich eingeschwungen hatten und das gemeinsame Klatschen sie wie ein unsichtbares Netz aus Klang fest miteinander verband.

Sie waren ein Volk, mit vier Jungen in ihrer Mitte, die als Kinder die Gemeinschaft verlassen hatten, um nun als Männer zurückzukehren. Sie waren bereit.

In einer Pause des Wechselgesangs rief Jaiya einen Namen: „Ata-Ke! Was ist aus dir geworden?"

Von den vier Jungen war er immer der größte Draufgänger gewesen. Tatendurstig, wissbegierig und furchtlos, hatte er schon als Kind alles ausprobieren wollen. Ata-Ke sollte nun den anderen, die sich in der Mitte des Kreises sicherlich befangener fühlten, die Scheu nehmen. Doch er reagierte ungewöhnlich vorsichtig und zurückhaltend. Auf Jaiyas Ruf hin trat er vor, aber nur einen kleinen Schritt, und begann mit sanften Sprüngen im Rhythmus des Gesangs langsam das Feuer zu umkreisen.

„Ata-Ke!", sang Jaiya noch einmal laut, den Chor der übrigen übertönend. „Hier kommt der neue Ata-Ke!"

Nach und nach weitete Ata-Ke den Kreis ums Feuer, in dem er tanzte. Spiralfömig entfernte er sich vom Zentrum und näherte sich mehr und mehr den Umstehenden. Dabei lockerte er sich zunehmend, legte die anfängliche Beklommenheit ab. Den Oberkörper vorgebeugt, vollführte er umständliche Bewegungen mit den Armen und setzte scheinbar mühsam einen Fuß vor den anderen – schwerfällig wie eine Schildkröte an Land.

Dann richtete er sich auf und sprang lachend und Grimassen schneidend um die Stelle herum, an der er zuletzt gestanden hatte, als mache er sich lustig über die plumpe Kröte. Er verfiel wieder in ihren Watschelgang, diesmal stark überzeichnet, mit absurd steifen Gesten, als versuchte eine Schildkröte, sich wie ein Mensch zu bewegen. Die laufen auf den Hinterbeinen? Das kann ich auch!

Ata-Ke ging in die Knie, richtete langsam den Oberkörper auf, hob die Arme – und ließ sich auf den Rücken rollen, als ziehe ihn das Gewicht seines Panzers nach hinten.

Die Umstehenden lachten, sangen „Ata-Ke, du dumme Kröte!“, als er mit ratlosem Blick auf dem krummen Rücken hin und her schaukelte, Arme und Beine hilflos von sich gestreckt. Einige, in deren Nähe er lag, traten vor und gaben ihm einen Stoß, sodass er sich auf die andere Seite drehen musste, mal in die eine, mal in die andere Richtung.

Dann stand plötzlich Yabuu neben ihm. Der Magier beugte sich auf ein Knie hinunter und schob die Hände von der Seite unter seinen Rücken, um ihn herumzurollen.

Die Schildkröte konnte nun wieder laufen. Ata-Ke schaute verblüfft in die Runde und brachte mit seinem Krötenhals noch einmal alle zum Lachen. Dann sprang er auf, bedankte sich bei seinem Retter, indem er die Hände zusammenführte, sich verneigte, und tanzte weiter.

Das war jetzt ein anderer Ata-Ke, ruhiger, ernsthafter. Während er am äußeren Kreis der Zuschauer entlang lief, deutete er mit seinem Körper immer wieder auf die vier Mächte, auf die es ankam, legte den Kopf in den Nacken und streckte die Arme zum Himmel, ließ den Körper in dieser Haltung sanft hin und her schwingen, wie eine Palme zwischen den zwei Winden. Dann wendete er den Blick zum Strand, breitete die Arme vor sich aus und wedelte mit den Händen, als würde er sich mit Wasser bespritzen, drehte sich um, zeichnete mit den Armen die Umrisse der Bäume und Felsen nach. Schließlich wendete er den Umstehenden den Rücken zu und deutete mit beiden Armen zum Zentrum des Kreises. Zum Feuer.

Dorthin zurück führte ihn sein Weg. Er legte ihn in immer engeren Spiralen zurück. Wieder imitierte er dabei tanzend die Bewegungen einer Schildkröte, diesmal aber die eleganten, mit denen sie durchs Wasser glitt. Das konnte er natürlich bei weitem nicht so gut wie die Meeresbewohnerin selbst, und die absurden Sprünge, Drehungen und Verrenkungen, mit denen er es versuchte, sorgten erneut für viel Gelächter.

Als er wieder beim Feuer angekommen war, wurde der Gesang lauter und der Kreis der Zuschauer lockerte sich. Einige ließen sich selbst zu wilden Sprüngen hinreißen.

Jaiya trat in den Kreis. Es wurde ruhiger, wenn sich auch das Singen und Klatschen fortsetzten.

Sie wartete einen Moment, dann sang sie: „Ata-Ke ist gegangen, Comaj ist gekommen."

Mit der Verkündung des neuen Namens war die Wandlung vollzogen.

Jaiya zog sich wieder in den Kreis zurück, der ihren Gesang noch einige Male wiederholte. Nach und nach griffen alle die Motive des Anfangs wieder auf, nun aber auf vielfältigere Weise.

„Wie war es ohne Krötenfleisch? Was hast du gefühlt? Warst du schwächer? Warst du stärker? Was hast du geträumt?"

Es gab keinen festgelegten Text, alle forderten auf ihre Weise die Jungen in der Mitte auf, ihre Geschichten zu erzählen. Immer wieder setzten sich dabei einzelne Phrasen und Melodien durch und wurden von den anderen aufgegriffen.

Als in der Mitte des Kreises nicht gleich jemand mit dem nächsten Tanz begann, wurde der Gesang lauter, drängender.

Daraufhin trat Ata-Joon hervor, wie sein Vorgänger zunächst zögerlich, nur ein paar Schritte vollführend. Die Umstehenden sangen und klatschten weiter, aber leiser. Ata-Joon war als ein ruhiger, vorsichtiger, sogar ein wenig ängstlicher Junge bekannt. Daher waren alle überrascht, als er plötzlich entschlossen auf den Rand des Kreises zulief, so schnell und kraftvoll, dass die dort Stehenden erschrocken vor ihm zurückwichen.

Ata-Joon lächelte zufrieden, hob die Arme und drehte sich, um allen zu zeigen, dass er ein mächtiger Kämpfer und Jäger geworden war. Dicht vor den Zuschauern lief er den Kreis entlang, zeigte dabei, wie man Schweine fing, Schildkröten jagte und mit Pfeil und Bogen auf Fische schoss.

Dabei näherte er sich mit Sprüngen immer wieder den Dorfbewohnern, die den Kreis bildeten und die mit spitzen Schreien und Lachen reagierten. Einige versuchten, Schweine darzustellen, krabbelten grunzend vor ihm her und bemühten sich, ihm auszuweichen. Ein Junge imitierte eine Schildkröte und versuchte sich dabei an einem der Sprünge, die er gerade von Ata-Ke gesehen hat. Er war eine leichte Beute für Ata-Joon.

Lachen. Singen. Klatschen. Tanzen. Es endete auch nicht, nachdem der letzte der vier Jungen seine Geschichte erzählt und einen neuen Namen erhalten hatte. Der Gesang wurde jedoch etwas leiser, die Bewegungen verhaltener, als Jaiya sich der Schildkröte zuwendete.

Seit die Flammen weit genug heruntergebrannt waren, hatte das Tier mit dem Panzer nach unten über dem Feuer gelegen, gehalten von drei Steinen und von Yaabu bewacht, der sie mit Kräutern bestreut und hin und wieder mit Meerwasser bespritzt hatte. Nun war es soweit, dass man ihr Fleisch essen konnte, und Jaiya sollte als erste kosten.

Sie ließ sich Zeit, verneigte sich noch einmal vor der Botin des Meeres, die ihr Leben für sie gegeben hatte, bevor sie mit einer Muschelschale ein Stück Fleisch abtrennte und etwas Suppe löffelte. Jaiya richtete sich wieder auf, während sie das Fleisch kaute und dabei fühlte, wie Kraft, Weisheit und Gutmütigkeit der Schildkröte sich in ihr ausbreiteten. Verzückt warf sie den Kopf in den Nacken und riss die Arme in die Höhe.

Zwei Donnerschläge, kurz hintereinander, ließen die Luft plötzlich vibrieren und die Tanzenden erstarren.

Es gab kein Donnergrollen, nur zwei mal hintereinander einen lauten Knall, als hätte es ganz in der Nähe geblitzt. Doch es war kein Blitz zu sehen gewesen. Alle waren erschrocken, schauten ängstlich zum Himmel, von wo das mächtige Geräusch gekommen war. Außer den Sternen war dort aber nichts zu sehen.

Auch Jaiya hatte den Blick zum Himmel gerichtet.

Erst zwei Wandersterne. Jetzt zwei Donnerschläge.

Sie strahlte vor Glück.

23

„Raus!" Juri sagte es klar und bestimmt, aber völlig ruhig. „In die Sojus."

Er deutete zu einem Ende des Harmony-Moduls, in dem sie sich gerade befanden. Dort war neben den Forschungslaboren Kibõ und Columbus auch ein Sojus-Raumschiff angedockt. Es bot Platz für drei Personen.

Juri stieß sich in die entgegengesetzte Richtung ab, dorthin wo der Druckabfall detektiert worden war.

„Ich sehe mir das mal an."

Er würde versuchen, die andere, am Swesda-Modul angedockte Sojus zu erreichen. Das war am anderen Ende der Raumstation, über achtzig Meter entfernt. Die Strecke ließ sich in dreißig Sekunden bewältigen, sie hatten bei ihren Evakuierungsübungen wiederholt die Zeit gemessen.

Aber irgendwo dazwischen war es zum Druckabfall gekommen. War die Rettungskapsel überhaupt noch zugänglich?

Nick folgte ihm. Er zögerte nicht. Es wirkte, als hätten sie es trainiert. Und das hatten sie tatsächlich, wenn auch nicht miteinander. Die militärische Ausbildung war ihnen beiden in Fleisch und Blut übergegangen: Man lässt einen Kameraden in so einer Situation nicht allein.

Suneetha und Mark sahen sich an. Sahen keine Panik. Erschrecken, ja. Aber sie hatten für diesen Fall geübt, oft genug. Wer der Kapsel am nächsten ist, steigt zuerst ein. Das war in diesem Fall Mark.

Er schwang sich hinein, drehte sich dabei wie eingeübt, landete auf seinem Platz und bereitete sofort die Abkopplung vor. Suneetha …

Wo blieb Suneetha?

Mark rief ihren Namen, arbeitete weiter die Checkliste für den Notstart ab.

„Starte ohne mich!“

Ihre Stimme kam aus dem Columbus-Modul.

„Ich fliege mit den Marsianern!“

Was war da los? Mark löste sich aus dem Sitz, schwang sich zurück in den Verbindungsknoten. Sah Suneetha in der Luke von Columbus.

Sie lächelte ihn an. Tatsächlich, sie lächelte, als wäre nichts geschehen.

„Ich kümmere mich um die Proteine. Sie dürfen nicht in die Atmosphäre gelangen.“

Suneetha winkte ihm zu, schloss dabei langsam die Luke.

„Das schaffe ich allein. Deine Mission ist eine andere, Skywalker. Rette dich! Möge die Macht mit dir sein.“

Hatte sie das wirklich gesagt? Später würden ihm Zweifel kommen. Es war jedenfalls ein ungewöhnlicher Satz, der ihm aber unmissverständlich deutlich gemacht hatte, dass Suneetha bei klarem Verstand war, nicht mitkommen wollte und dass jetzt nicht der Zeitpunkt war, mit ihr darüber zu diskutieren.

Sie kümmerte sich um sich selbst, wollte nicht von ihm gerettet werden. Nach einer Schrecksekunde konzentrierte sich Mark wieder auf sich selbst. Im Columbus-Modul kann sie zur Not auch eine Weile überleben, sagte er sich. Nicht nachdenken. Handeln.

Dann griff wieder das Training. Zurück in die Kapsel, Luke schließen, Gurte anlegen, Startsequenz aktivieren. Alles lief nach Programm, alles hatte er hunderte von Malen geübt. Er achtete nun nur noch auf die Kontrollen, ließ sich von dem Inferno um ihn herum nicht ablenken, kümmerte sich nicht um das Getöse.

Oder war das Inferno in ihm und um ihn herum alles still?

In seiner Erinnerung würde später die gesamte Station vibrieren und dabei grässliche Geräusche erzeugen, schrilles Quietschen, hämmerndes Schnarren, unterbrochen von lautem Knallen. Oder war es das Rauschen der Hormone in seinem Körper gewesen, die ihn in diesem Moment gesteuert hatten?

Dann löste sich die Sojus von der Raumstation, entfernte sich langsam von ihr. Von außen sah alles ganz normal und friedlich aus. Und auf einmal war es sehr still.

24

Suneetha hatte keinen Plan, wie sie die Marsproteine sichern sollte. Sie musste dafür auf jeden Fall ins Columbus-Labor, so viel war klar. Weiter hatte sie noch nicht gedacht.

Sie hatte überhaupt nicht nachgedacht, dafür war gar keine Zeit gewesen, sie hatte einfach gehandelt. Nun wunderte sie sich über sich selbst. Für einen Moment blitzte in ihr die Frage auf, was sie hier eigentlich tat. Warum musste sie unbedingt die Heldin spielen?

Es war müßig, jetzt darüber nachzudenken. Sie hatte sich entschieden, musste weiter handeln, wenn diese Entscheidung nicht völlig sinnlos gewesen sein sollte.

Die Proteinproben in einen Behälter zu packen, der den Absturz auf die Erde überstehen könnte, war aussichtslos. Das war viel zu unsicher und hätte vorher gründlich getestet werden müssen.

Vielleicht würde das gesamte Modul und mit ihm die Proteine verglühen, wenn es langsam in dichtere Atmosphärenschichten absänke. Aber verlassen konnte man sich auch darauf nicht. Sie musste die Proben gezielt vernichten und die dafür erforderliche Hitze von innen erzeugen, musste sich selbst überzeugen, dass die gefährlichen Moleküle zerstört waren.

Am sichersten wäre es, sie zu verbrennen.

Suneetha schichtete alle Proteinproben zu einer kleinen Kugel in der Mitte des Labors auf. Dann sah sie sich das Flammenexperiment an, mit dem sich Mark beschäftigt hatte. Würde noch genug Brennstoff für ihr Vorhaben vorhanden sein?

Als sie die Kammern öffnete, ging ein Alarmton los. Sie ignorierte ihn. Mithilfe einer Pipette gelang es ihr, den leicht entzündlichen Kohlenwasserstoff um die Proteine herum zu verteilen und einen großen, kugelförmigen Tropfen zu erzeugen, der den Probenhaufen umschloss.

Aber wie sollte sie diesen Brandsatz zünden? Beim Flammenexperiment wurde dazu ein Laser verwendet. Der ließ sich ohne Spezialwerkzeug jedoch nicht einfach aus der Anlage lösen und in eine andere Richtung lenken. Außerhalb des Flammenexperiments war die Raumstation mit ihrem gesamten Equipment ohnehin darauf ausgelegt, das Entfachen eines Feuers zu erschweren. Streichhölzer oder Feuerzeuge gab es nicht an Bord.

Dafür reichlich elektrische Energie. Suneetha nahm einen Laptop und entfernte die Batterie. Jetzt brauchte sie nur noch ein elektrisch leitendes Material, um die beiden Pole zu verbinden und einen Funken zu erzeugen. Zur Not würden vielleicht ihre feuchten Finger ausreichen.

Halt! Sie mahnte sich zur Ruhe. Nachdenken. War es möglich, den Sauerstoffanteil in der Atmosphäre des Moduls zu erhöhen, damit das Feuer so heiß wie möglich brennen konnte?

Es gelang ihr, die Sicherungssysteme des Lebenserhaltungssystems zu umgehen und manuell einen höheren Sauerstoffanteil einzustellen. Ein weiterer Alarm vereinte sich mit dem bisherigen zu einer regelmäßig an- und abschwellenden Kakophonie der Misstöne. Doch Suneetha nahm die Geräusche gar nicht mehr wahr.

Es würde einen Moment dauern, bis sich die Luft im Modul neu gemischt hatte. Sie konnte nun nichts mehr tun, nur warten.

Suneetha empfand keine Feindseligkeit gegenüber den Marsproteinen. Sie stellten für Menschen zwar eine potenzielle Gefahr dar, aber dafür konnten sie nichts. Die Proteine hatten nicht darum gebeten, hierher gebracht zu werden.

Im Gegenteil, mit einiger Verwunderung machte Suneetha sich bewusst, dass sie eher zärtliche Empfindungen für die Moleküle hegte. Es waren keine Lebewesen, sie stammten aber von solchen ab und verdienten entsprechenden Respekt. Suneetha wollte sie schützen, zugleich hatte sie die Absicht, auch die Menschen auf der Erde vor diesen Proteinen zu schützen. Sie zu vernichten war ein Akt der Liebe, nicht des Hasses, der Liebe und des Respektes allem Leben gegenüber, nicht nur gegenüber einer bestimmten Lebensform.

War das die gleiche Art von Liebe, die sie auch eigenen, leiblichen Kindern entgegengebracht hätte?

Mit dieser Frage muss ich mich in einem anderen Leben beschäftigen, dachte sie. Der Sauerstoffanteil der Luft lag mittlerweile bei knapp 30 Prozent. Das musste reichen. Mit der Batterie und dem Metallstreifen, den sie gefunden hatte, näherte sie sich der Brennstoffkugel.

25

Auf so etwas konnte niemand vorher gefasst sein. Natürlich, sie hatten den Notfall ungezählte Male trainiert, auch in der Schwerelosigkeit regelmäßig Übungen durchgeführt. Es war für Mark kein Problem gewesen, die Sojus zu aktivieren und von der Raumstation zu lösen. Er musste nicht nachdenken, welche Knöpfe zu drücken, welche Hebel in welcher Reihenfolge umzulegen waren. Als das erledigt war, befand er sich erst einmal in Sicherheit. Und jetzt?

Dies war keine Evakuierung nach Plan. Schon dass er allein in der Sojus saß, war so nicht vorgesehen. Was war mit Suneetha? Was mit Nick und Juri?

Nachdem ein sicherer Abstand zur ISS hergestellt war, löste Mark die Gurte und schwebte in den hinteren Bereich der Sojus, ins Orbitalmodul, von wo aus er die Station besser beobachten konnte.

Das andere Rettungsraumschiff war aus dieser Position nicht zu sehen. War es noch angedockt oder flog es hinter der Raumstation? Wenn Juri und Nick es noch rechtzeitig erreicht und sich von der Raumstation abgekoppelt hatten, würde es früher oder später in sein Blickfeld treten.

Aber Mark sah nichts. Lautlos und scheinbar ohne jede Eigenbewegung zog die ISS ihre Bahn durchs All. Von hier aus betrachtet, deutete nichts auf einen Notfall hin.

Er rief die Raumstation über Funk, versuchte auf verschiedenen Kanälen, Kontakt zu Juri, Nick oder Suneetha herzustellen. Niemand antwortete. Ein Blick durch die Luke zeigte keinerlei erkennbare Veränderung.

Vielleicht war es doch nur ein Fehlalarm gewesen? Es war alles so schnell gegangen, Mark hatte keine Idee, was eigentlich passiert war. Es hatte geklungen, als würde die Station auseinander brechen. Doch dieser Eindruck mochte allein durch das knarzende Geräusch des Alarmsignals, vermischt mit dem Rauschen des Adrenalins in seinem Blut entstanden sein. Wahrscheinlich war das Signal inzwischen längst abgestellt und die Situation hatte sich beruhigt. Sollte er versuchen, wieder anzudocken und nach dem Rechten zu sehen?

Jetzt war eine Bewegung zu erkennen. Das Treibhausmodul. Lag es daran, dass Mark seine Beobachterposition verändert hatte oder entfernte es sich tatsächlich von der Raumstation?

Seine Sojus befand sich immer noch an der gleichen Stelle. Es war eindeutig das Modul, das eigentlich erst morgen abgekoppelt werden sollte. Während Mark seinen Blick darauf gerichtet hielt, schien weiter vorn beim Columbusmodul etwas aufzublitzen. Dann begann die gesamte Raumstation zu vibrieren.

Mark dachte unwillkürlich an ein Erdbeben. Wie absurd – 400 Kilometer über der Erde und ihren Kontinentalplatten! Doch die Wirkung war ähnlich verheerend.

Die ISS schien sich zu schütteln, als wollte sie all ihre Glieder von sich schleudern – was gleich darauf auch tatsächlich geschah. Zuerst brachen die Solarausleger, brachten damit die gesamte Konstruktion aus dem Gleichgewicht, kollidierten mit anderen Teilen und lösten die ersten Module aus ihren solideren Verankerungen. In unglaublich kurzer Zeit verwandelte sich das vielleicht gewaltigste, sicherlich teuerste Bauwerk der Menschheitsgeschichte in eine Trümmerwolke.

Mark schaute wie gelähmt auf das unbegreifliche Geschehen, das sich vor seinen Augen abspielte. Das war sein Zuhause gewesen. Dort hatte er sich in den letzten zwei Monaten sicher und wohl gefühlt. Es war erschütternd, wie trügerisch diese Sicherheit tatsächlich gewesen war, wie brüchig.

Noch stärker irritierte ihn das Gefühl, dies alles schon einmal gesehen zu haben. Etwas an diesen merkwürdigen Vibrationen, die gerade die Raumstation zerstört hatten, kam ihm seltsam bekannt vor. Das war unmöglich. Oder?

Doch, die Flammenexperimente! Die rätselhafte Deformation der Flammenkugel, durch die eine Schockwelle zu jagen schien. Das hatte zwar ganz anders ausgesehen, aber die Dynamik war ähnlich gewesen.

Jetzt war keine Zeit, darüber nachzudenken. Hier konnte er nichts mehr tun. Im Gegenteil, er musste sich selbst in Sicherheit bringen, bevor die Sojus von Trümmern getroffen wurde.

Rasch zog er sich wieder zurück in den mittleren Bereich, zwängte sich in die Landekapsel, die für die Landung später vom übrigen Raumschiff abgetrennt werden würde, und schnallte sich auf seinem Sitz an.

Er war versucht, sofort die Rückkehr zur Erde einzuleiten und die Bremsraketen zu zünden. Doch er flog vor der Raumstation, ein scharfes Abbremsen hätte ihn mit voller Wucht in die Trümmer der ISS katapultiert. Erst musste er vorsichtig die Höhe verändern, um die Gefahrenzone weiträumig umfliegen zu können.

Es tat gut, dieses Fluggerät zu kontrollieren und zu steuern. Das hatte er ausgiebig geübt. In diesem Moment extremer Unsicherheit und Sorge um seine Kameraden vermittelten ihm die Bedienungselemente das Gefühl, die Situation dennoch einigermaßen im Griff zu haben. Er war nicht hilflos, konnte etwas tun, zumindest für sich. Keine Panik.

In einem weiten Bogen setzte er sich hinter die Raumstation, vergrößerte den Abstand Kilometer um Kilometer. Über Funk rief er die Bodenkontrolle, bekam aber keine Antwort. Für den Fall, dass sie ihn unten trotzdem hörten, teilte er mit, dass er jetzt die Notlandung einleitete. Dann zündete er das Haupttriebwerk.

Auf so etwas konnte niemand vorher gefasst sein. Seltsam, dass ihm der Satz jetzt wieder einfiel. Es stimmte schon, auf die Rückkehr zur Erde konnte man sich nur begrenzt vorbereiten. Man konnte die nötigen Handgriffe einüben, konnte sich mit den verschiedenen Flugphasen vertraut machen, sich von erfahrenen Astronauten erzählen lassen, wie es abläuft. Natürlich hatte Mark beim Training in der Zentrifuge auch die extreme Schwerkraftbelastung, die jetzt auf ihn wirkte, schon erlebt.

Aber wie diese Kräfte sich anfühlten, wenn man mehrere Monate in der Schwerelosigkeit gelebt hatte und nun innerhalb weniger Sekunden das Vier- oder Fünffache des gewohnten Körpergewichts verkraften musste, das ließ sich auf der Erde eben nicht simulieren.

Wie es sich anfühlte, wenn man untätig zusehen musste, wie die Raumkapsel, die einen vor der Reibungshitze schützen sollte, sich langsam auflöste, wie durch das kleine Fenster für eine Weile das Glühen der ionisierten Luft ins Innere drang, bevor verbrannte Reste des Hitzeschildes die Scheibe mehr und mehr abdunkelten. Die heftigen Stöße, die die kleine Kapsel immer wieder erschütterten und Mark aufstöhnen ließen – nein, darauf konnte niemand vorher gefasst sein.

Seltsam war nicht der Satz selbst, der passte schon recht gut zu diesem Moment. Mark irritierte nur, dass ihm ausgerechnet jetzt die Situation so deutlich vor Augen stand, in der er ihn zum ersten Mal gehört hatte.

Zusammen mit Nick hatte er den Harmony-Verbindungsknoten und das Destiny-Modul gereinigt. Dabei hatten sie über alles Mögliche gesprochen, waren aber irgendwann unvermeidlich auf die Frage gekommen, die sie alle beschäftigte: Wie es nach der ISS wohl weitergehen würde? Ob und wann Menschen wieder den Mond betreten würden? Es war doch schon einmal gelungen, warum sollte es nicht wieder möglich sein?

„Ich habe mich anfangs gewundert", hatte Nick gesagt. „Bevor ich geboren war, waren schon Menschen zum Mond geflogen, mehrmals, hatten zum Teil mehrere Tage dort oben verbracht. Danach nie wieder. Warum haben wir nicht damit weitergemacht?"

Nick hatte alles erfahren wollen über das Apollo-Mondlandeprogramm, hatte sich Filme angesehen und viele Bücher gelesen, unter anderem eins von Norman Mailer, der die Vorbereitungen und die Durchführung der ersten Mondlandung seinerzeit als Reporter für die Zeitschrift „Life" begleitet hatte.

„Er war beim Start auf der Pressetribüne und beschrieb den Moment, als die gigantischen Flammenzungen aus der Saturn-5 heraus jagten, als etwas, worauf niemand vorher gefasst sein konnte. Und ich dachte: Vielleicht ist es das. Vielleicht kam Apollo zu früh und es war noch niemand darauf vorbereitet."

Ja, Nick, dachte Mark, während er versuchte, trotz des tonnenschweren Drucks auf seiner Brust weiter zu atmen. Vielleicht hast du recht. Die Mondflüge waren übereilt, ohne Plan durchgeführt worden. Damit müssen wir jetzt zurechtkommen. Aber was kümmert mich das ausgerechnet jetzt?

Er verstand es im gleichen Moment, in dem er sich die Frage stellte: Er klammerte sich an diese Erinnerung, an diesen Gedanken, um überhaupt etwas zu denken. Um bei Bewusstsein zu bleiben.

Vergeblich.

26

Es war die dunkelste Zeit der Nacht, der Mond war bereits untergegangen, die Sonne noch nicht zu ahnen. Doch Jaiya brauchte nichts zu sehen, sie spürte den Weg zum Strand in den Fußsohlen, hörte das Plätschern der Wellen. Zielstrebig näherte sie sich der Wasserlinie.

Die Donnerschläge. Zunächst schienen sie von überall gekommen zu sein. In Jaiya klangen sie immer noch nach. Während ihres Tanzes beim Schildkrötenfest hatte sie immer deutlicher und stärker gespürt, wie es sie in Richtung des Wassers zog. Schließlich hatte sie sich von den Feiernden gelöst und den Lichtkreis des Feuers verlassen.

Vorsichtig setzte sie einen Fuß vor den anderen. Sie wusste genau, wo sie war, aber sie konnte nicht erkennen, ob vor ihr vielleicht etwas im Sand lag.

Hatte sich eine Schildkröte hierher verirrt? War Treibholz angespült worden? Kreuzte ein Tier ihren Weg? Jaiyas Sinne waren angespannt. Sie nahm feinste Geruchsveränderungen ebenso wahr wie zarte Vibrationen der Luft.

Vor ihr war etwas. Keines der kleinen Krabbeltierchen, die hier vielleicht nach Nahrung suchen. Sie spürte, dass es größer und mächtiger sein musste, dass es direkt vor ihr war, sich aber nicht bewegte. Jaiya würde mit ihm zusammenstoßen, wenn sie weiterginge. Sie klatschte in die Hände.

Es war eine unwillkürliche Reaktion. Ein Zeichen an das Wesen vor ihr, dass sie nichts Böses plante, sich nicht heimlich anschleichen wollte. Vielleicht würde das Wesen bei dem Geräusch erschrecken und flüchten. Aber wenn Jaiya es ohne Vorwarnung berührte, würde es sie vielleicht beißen, kratzen oder nach ihr schlagen.

Auf Jaiyas Insel gab es keine gefährlichen Raubtiere, doch genügend Lebewesen, die ihr sehr wehtun könnten, wenn sie sich angegriffen fühlten. Da war es sicherer, sie vorsorglich in die Flucht zu schlagen.

Doch dieses Wesen floh nicht.

Ein Händeklatschen, wenige Schritte vor ihr.

Jaiya klatschte erneut. Zwei Mal. Ohne zu überlegen. Es steckte kein Plan dahinter, mit so einer Begegnung hatte sie keine Erfahrung. Sie tat es einfach. Es fühlte sich richtig an.

Vor ihr klatschte es ebenfalls zweimal, wenn auch etwas langsamer.

Jaiya wiederholte ihr doppeltes Klatschen.

Die Antwort waren die gleichen Schläge wie zuvor, dieses Mal aber mit einem weiteren Schlag kurz vor dem letzten: tam tadam.

Sie reagierte, indem sie noch einen weiteren Takt hinzufügte: tadam tam tam.

Wer oder was auch immer da unsichtbar vor ihr im Dunkeln stand, meinte es gut mir ihr, tanzte mit ihr in der Finsternis. Langsam umkreisten sie einander, getragen von einem gemeinsam gewebten Netz aus Rhythmen.

Jaiya schlug auf ihre Schenkel, auf Bauch, Brust, Schultern, schwang dabei von einem Bein aufs andere. Das Wesen vor ihr fing die Trommelschläge auf, um sie mit gleichem Schwung zu ihr zurückzuwerfen. Die Finsternis spielte keine

Rolle mehr, Jaiya hatte ihre Augen ohnehin geschlossen. Sie genoss das unausgesprochene, vollkommene Einverständnis, diese absolute Offenheit und Harmonie.

Die von einem wütenden Schrei jäh unterbrochen wurde.

27

Bis auf das schwache Licht einiger Armaturen war es dunkel, als Mark wieder erwachte. Er konnte nur für einige Augenblicke bewusstlos gewesen sein, der gewaltige Druck der Beschleunigung, die ihn in den Sitz presste, hatte nicht nachgelassen. Also raste er noch durch die oberen Schichten der Atmosphäre. Musste sich der Fallschirm nicht bald öffnen?

Dann fiel ihm auf, dass er kein Rütteln mehr spürte. Es waren nur geringe Schwankungen gewesen, denen die Sojus bei ihrem Höllenritt ausgesetzt gewesen war. Die Rückkehrkapsel war aerodynamisch so konstruiert, dass sie sich auch ohne aktive Steuerung mit dem Hitzeschild nach vorn ausrichtete.

Dennoch gab es auch in den dünnen Luftschichten in 120 Kilometern Höhe Turbulenzen, die die Kapsel immer wieder aus der Idealposition stießen. Die Wucht dieser Stöße war nicht zu vergleichen mit den heftigen Vibrationen beim Start, aber deutlich und durchaus schmerzhaft zu spüren gewesen. Die seitlichen Bewegungen, die Mark jetzt wahrnahm, waren dagegen viel sanfter. Jetzt glaubte er, auch ein leises Plätschern zu hören.

Er war gelandet. Im Wasser. Und der Druck auf seiner Brust war sein normales Körpergewicht. War dieser Körper schwer! Zögernd hob er einen Arm und war überrascht, dass es doch leichter ging als erwartet. Er löste die Gurte. Auch der andere Arm ließ sich gut bewegen.

Warum war es so dunkel? Von seinem Sitz aus war nicht zu erkennen, ob die Sichtluken vollständig von den Überresten des Hitzeschilds und der Außenbeschichtung verklebt waren oder ob draußen Nacht herrschte.

Mark hatte nicht die geringste Idee, wo er niedergegangen sein konnte. Welchen Kontinent hatten sie gerade überquert, als der Alarm ausgelöst wurde? Wie lange hatte es gedauert, bis er die Triebwerke der Sojus aktiviert hatte?

Er wusste es nicht, hatte jedes Zeitgefühl verloren. Aber, fiel ihm auf einmal auf, er hatte die Raumstation gesehen, hatte miterlebt, wie sie auseinander gebrochen war, von der Sonne beleuchtet. Da war er also noch auf der Tagseite gewesen. War er mit der Sojus in den Erdschatten hinein geflogen?

Er versuchte, sich aufzurichten, doch seine Beine fühlten sich an, als könnten sie wie Streichhölzer unter der Last seines Körpers zerbrechen. Die Muskeln von Armen und Schultern schienen dagegen in besserer Verfassung zu sein. Er konnte sich so weit nach oben drücken, dass er die Luke an der Decke greifen und sich daran festhalten konnte. Das Schwimmtraining mit dem Exoskelett schien sich auszuzahlen.

Er dachte an Klara und ihr letztes Gespräch, kurz nachdem er den Pazifik virtuell im Rekordtempo durchquert hatte. Jetzt schwamm er womöglich mitten im realen Pazifik. Und es war Nacht. Das konnte er jetzt erkennen. Das Fenster war stark verschmutzt, aber man konnte hindurch sehen. Außer Sternen am Himmel war nichts zu erkennen. Immerhin herrschte kein starker Seegang.

Inzwischen hatte er mehr Vertrauen in seine Beine gewonnen. Er verlagerte vorsichtig das Gewicht, um durch das andere Bullauge zu schauen. Vielleicht konnte er anhand von Sternbildern seine Position abschätzen? Die Sicht war jedenfalls klar genug, das verriet ihm der Blick auch durch dieses Fenster. Auf Anhieb fiel ihm aber keine vertraute Konstellation ins Auge. Es war auch schwer bei einem so kleinen Himmelsausschnitt.

Wenn er die Luke öffnete und den ganzen Himmel sah, würde er zumindest den Polarstern oder das Kreuz des Südens identifizieren können. Aber vorher wollte er noch einen Blick durch das dritte Fenster werfen.

Dafür musste sich Mark auf den Sitz knien. Langsam ... vorsichtig ... doch, es ging. Er hatte mehr Kraft, als er zunächst gedacht hatte. Er schickte einen telepathischen Dank an Klara ...

Und sah ein Licht.

Eindeutig künstlich. Nicht am Himmel, kein Flugzeug. Ein Schiff?

Nein, ein Feuer, es war ein Feuer! Nicht weit weg. Oder sehr groß ...

Das musste er sich genauer ansehen. Mark zögerte nicht. Er entriegelte die Luke, öffnete sie und schob den Oberkörper hinaus. An seine Puddingbeine dachte er nicht mehr. Sie trugen ihn wie selbstverständlich, als er jetzt um sich blickte.

Ja, da war Land, nicht weit entfernt. Im schwachen Licht der Sterne war es mehr zu ahnen als zu sehen, aber von dem Feuer wurden Bäume beleuchtet. Palmen? Mark war sich nicht sicher.

In den anderen Richtungen sah er nur Finsternis, dort lag die offene See. Mark konnte sie riechen, sie war ganz nah. Er drehte sich zum Feuer um, sog noch einmal die Luft ein. Sie war ganz anders, eindeutig Landluft. Anscheinend war er am Rand einer Bucht oder Lagune gelandet.

Es würden Bergungskräfte kommen, die automatischen Peilsender in der Sojus würden ihnen den Weg weisen. Aber wie lange würden sie brauchen? Das hing davon ab, wo er gelandet war.

Er schaute sich um. Während seiner Astronautenausbildung und der Vorbereitung auf diese Mission hatte er den Sternenhimmel oft genug von verschiedenen Breitengraden aus gesehen. Er brauchte nicht lange, um den Polarstern zu finden.

Der stand ziemlich tief über dem Horizont, eine Handbreit bei ausgestrecktem Arm, also ungefähr 15 Grad. Mark versuchte, sich die Erdkugel vorzustellen. Auf welchem Breitengrad lag das Mittelmeer? Könnte er in der Karibik gelandet sein?

Zwecklos, er wusste es nicht. Es war möglich, dass in weniger als einer Stunde ein Helikopter über ihm kreiste. Es könnte aber auch zwölf Stunden dauern. Vielleicht war er bei irgendeinem abgelegenen Atoll im Pazifik gelandet – von wo er gerade ins dunkle, offene Meer abzutreiben drohte.

Die Anweisung lautete, in der Kapsel zu bleiben und auf die Rettungskräfte zu warten. Aber wenn der Seegang zunahm, wenn womöglich ein Sturm aufzog, würde die Rettung schwierig werden.

Mark erinnerte sich, dass er vergeblich versucht hatte, Funkkontakt herzustellen. Konnte er sicher sein, dass zumindest die Peilsender funktionierten?

Es gab jede Menge Richtlinien und Empfehlungen für das Verhalten bei Notlandungen, Mark hatte sie in der Ausbildung oft genug wiederholt. Die wichtigste lautete: Die letzte Entscheidung liegt immer beim Astronauten.

Er kletterte aus der Luke und verschloss sie wieder von außen. Wenn der Peilsender aktiviert war, würden sie die Kapsel finden und nicht lange brauchen, um ihn hier aufzuspüren. Die Idee, auf unbestimmte Zeit in einer Blechdose auf dem Ozean auszuharren, gefiel ihm nicht. Nach allem, was er eben erlebt hatte, brauchte er festeren Grund unter den Füßen.

Er ließ sich ins Wasser gleiten und schwamm in Richtung des Feuers.

Es fühlte sich großartig an, durch richtiges, kühles Wasser zu gleiten. Das hatte in der Simulation am meisten gefehlt, dieser Widerstand des Mediums, durch das er sich bewegte, das ihn trug und das er am ganzen Körper spürte. *(Mentale Notiz: Keinerlei Adaptionsprobleme. Training hat sich gut bewährt.)*

Das Exoskelett hatte lediglich seinen Armen und Beinen Widerstand entgegengesetzt und er bemerkte nun, wie reduziert und abstrakt das Training mit diesem Gerät gewesen war. Aber nur dank dieses Trainings konnte er jetzt mit kräftigen Zügen auf das Ufer zu schwimmen. *(Klasse, Klara!)*

Er genoss es, zu spüren wie die Flüssigkeit über seine Haut strömte, wie es in den Ohren plätscherte und rauschte, wenn er den Kopf untertauchte. Eine unbändige Freude erfüllte ihn. Er hatte es geschafft, er war wieder zu Hause, auf der Erde! Er lebte!

Mark erreichte einen Strand und zog den nassen Overall aus. Die Luft war warm, er würde rasch trocknen. Das Feuer war von hier aus nicht zu sehen, war offenbar von einer Düne oder einer Baumgruppe verdeckt.

Mark glaubte, ein schwaches Flackern hinter den Silhouetten wahrzunehmen, die sich im Licht der Sterne schwach und undeutlich abzeichneten.

Er lauschte. Waren das Stimmen? Ja, da sangen und klatschten Menschen, es klang fröhlich. Sollte er zu ihnen gehen?

Während er noch überlegte, hörte er auf einmal, wie dicht vor ihm jemand in die Hände klatschte. Immer noch getragen von der Euphorie antwortete er, ohne lange nachzudenken, auf die gleiche Weise.

Das tat gut! So drückten Kinder ihre Freude aus, und so konnte auch er sich von der aufgestauten Anspannung befreien. Wer auch immer da im Dunkeln vor ihm stand, schien ihn zu verstehen, griff seine Synkopen und spontanen rhythmischen Variationen auf, entwickelte sie weiter.

Wo war er nur gelandet? Wer war sein Gegenüber? Egal, er würde es früh genug erfahren. Und wenn das Ganze ein Traum war, würde er irgendwann aufwachen.

Jetzt genoss er einfach nur den unbegreiflichen Zauber des Augenblicks, dieses sprachlose musikalische Einverständnis, ließ sich vom gemeinsam erzeugten Rhythmus tragen. Rasch stellte sich eine meditative Ruhe ein, wie beim Experiment auf der Raumstation. Das funktionierte also auch zu zweit.

Unwillkürlich hatten sie begonnen, einander langsam zu umkreisen, während sie auf ihren nackten Körpern trommelten. Doch Mark nahm es kaum wahr. Ihm war, als würde er schweben, als hätte er sich gleich nach seiner Landung wieder in die Lüfte erhoben, dieses Mal nicht mit der Kraft einer Raketenflamme, sondern getragen allein von musikalischer Energie, die die Schwerkraft aufzuheben schien.

Ein zorniger Ruf riss ihn jäh auf die Erde zurück.

Mark öffnete die Augen, die er während des mitreißenden Tanzes geschlossen hatte, und registrierte überrascht, wie hell es auf einmal war. Die Sonne war noch nicht aufgegangen, aber er konnte seine Umgebung jetzt schon deutlich erkennen.

Vor ihm stand eine kleine, hagere Frau, bis auf einen Lendenschurz nackt. Ihre Haut war dunkel, fast schwarz, ihr Alter konnte er schwer schätzen, glaubte aber, dass sie recht jung war. Sie wirkte ebenso überrascht wie er.

Gleichzeitig wendeten sie ihre Blicke in die Richtung, aus der der Schrei gekommen war.

Drei dunkelhäutige Männer standen dort, vielleicht zwanzig bis dreißig Meter entfernt. Sie waren ebenfalls klein, kaum größer als Marks Tanzpartnerin. Die Bögen, die sie in den Händen hielten, waren dagegen unverhältnismäßig groß und straff gespannt. Die Pfeile zielten auf Mark.

28

Die Erstarrung der Frau währte nur ein oder zwei Herzschläge. Dann sprang sie mit einem lauten Schrei in die Schusslinie zwischen Mark und den Bogenschützen. Mark war erstaunt von der ungeheuren Energie, die in dieser zierlichen Person steckte.

Sie rief den Männern etwas zu in einer Sprache, die ihm vollkommen fremd war, aber einen melodischen Klang hatte. Dabei gestikulierte sie heftig mit Armen und Beinen, als würde sie immer noch tanzen, schlug sich auch klatschend auf Schenkel und Bauch. Sie schien mehr zu singen als zu reden.

Und es wirkte. Die Männer entspannten ihre Bögen, legten sie auf den Boden, steckten die Pfeile in den Sand. Andere Eingeborene kamen hinzu, Männer, Frauen, Kinder.

Die Frau erhob noch einmal die Stimme, rief auch ihnen etwas in ihrem Singsang zu, das jetzt weniger aggressiv, sogar regelrecht fröhlich klang.

Und tatsächlich, als sich die kleine Frau wieder zu Mark umdrehte, sah er in ihrem Gesicht den Ausdruck großer Freude. Sie lachte ihn an, mit weit geöffneten Augen, schwang den Körper hin und her und trommelte auf ihren Bauch – tapatapatam.

Erleichtert, dass die gefährliche Situation sich so rasch wieder entspannt hatte, musste auch Mark lächeln und wiederholte den Trommelschlag. Tapatapatam.

Sie schlug sich zweimal auf den Bauch und rief etwas.

Es klang wie „Dschaja“.

War das ihr Name?

Mark klatschte sich auf die gleiche Weise auf den Bauch und rief seinen Namen, so laut, dass auch die Umstehenden, die immer zahlreicher den Strand bevölkern, es hören konnten.

Die Frau, sich weiterhin in einem imaginären Rhythmus wiegend, streckte die Arme in seine Richtung aus und wiederholte seinen Namen. Es klang wie „Maahk“.

Mark zeigte auf sie, rief ihren Namen und klatschte einen kurzen Wirbel auf seinen Schenkeln.

Sie jubelte, schlug sich ebenfalls auf die Schenkel. Ihre Begeisterung war mitreißend. Sie rief noch einmal seinen Namen, nein, sie sang ihn vielmehr, und der Gesang wurde von den Umstehenden, die sich nach und nach zu einem Kreis um sie herum formierten, sogleich aufgenommen. Niemand stand still, alle klatschten und bewegten ihre Körper in dem Takt, den die beiden gegensätzlichen Tänzer in ihrer Mitte vorgaben.

„Jaiya“, rief Mark.

„Maahk“, antwortete Jaiya.

„Jaiya!“

„Maahk!“

„Jaiya, Jaiya!“

„Maahk, Maahk!“

Der rhythmische Wechselgesang wurde zum Refrain. Wie ein Mantra wiederholten die anderen immer wieder die Namen der beiden Tänzer, die einander umkreisten, auf ihre Körper trommelten und sich damit gegenseitig zur Ekstase trieben.

Es war, als würde dieser Chor aus mittlerweile vielleicht hundert Eingeborenen ein elastisches Energiefeld aufspannen, auf dem Jaiya und Mark wie auf einem Trampolin immer höher und immer gewagtere Figuren sprangen.

Ein magisches Band verband die beiden, ein tiefes gemeinsames Verständnis von den Rhythmen der Welt und dem Tanz der Elemente. Als hätten sie diesen Tanz schon viele Male eingeübt, nahmen sie die Bewegungen des anderen intuitiv vorweg. Wenn ein Einfall sie doch einmal überraschte, ließen sie sich inspirieren, selbst eine neue Variation zu ihrem Gebäude aus Gesang, Tanz und Trommeln hinzuzufügen.

Längst hatte Mark aufgehört, über die seltsame Situation nachzudenken und über die Rolle der Frau zu rätseln, die ihn in diesen Zauber hineingezogen hatte. Zauber war das richtige Wort. Die Frau hatte ihn verzaubert. Sie strahlte viel Autorität aus, das hatte er vom ersten Moment an gespürt, eine große Kraft.

Zugleich lag in ihren Augen eine vollkommene Offenheit. Nicht nur in den Augen, in ihrem gesamten Körper. In keinem Augenblick hatte Mark so etwas wie Angst bei ihr wahrgenommen oder auch nur Scheu oder Unsicherheit. Nur Freude, reine, unbändige Freude. Es war, als hätte sie auf ihn gewartet, hätte mit seinem Kommen gerechnet. Und nun feierten alle ein großes Willkommensfest, nur für ihn. Es erschien alles völlig selbstverständlich, mittlerweile auch ihm.

Mark ließ sich von der Musik davontragen. Die Einheit mit all diesen fremden Menschen war harmonisch und ungemein kraftvoll zugleich. Niemand bestimmte die Richtung, es gab keinen Dirigenten, alle ließen sich treiben von dem gewaltigen musikalischen Strom, den sie selbst erzeugten und der sie höher, immer höher zu wirbeln schien.

Ihm war, als würden sie alle schweben. Der Tanz führte tatsächlich zu einem Gefühl von Schwerelosigkeit, ganz ähnlich wie noch vor kurzem auf der Raumsta ...

Jetzt nicht daran denken. Nicht diesen einzigartigen Moment zerstören, diese Nähe, diese unglaubliche, unerklärliche Vertrautheit.

Inzwischen war es noch heller geworden und während Mark im Dunkeln noch die Augen geschlossen hatte, um sich ganz dem rhythmischen Klatschen hinzugeben, konnte er nun den Blick nicht von seiner Tanzpartnerin lassen, die ihn ebenso ununterbrochen ansah. Aus ihren Augen strahlten ihm große Begeisterung und Glückseligkeit entgegen. Zugleich aber auch große Klugheit, was es so schwierig machte ihr Alter zu schätzen.

Sie war wild und ungestüm wie ein junges Mädchen und wirkte zugleich so weise wie eine alte Frau. Und sie schien ihn schon seit Ewigkeiten zu kennen, verstand seine Bewegungen so sicher wie er ihre, griff seine Ideen auf, gab sie ihm mit einer neuen Drehung versetzt zurück. So schraubten sie sich immer wieder gemeinsam in die Höhe, um dann in einem tänzerischen Gleitflug wieder zu den anderen zurückzukehren.

„Jaiya, Maahk. Jaiya, Maahk. Jaiya, Jaiya. Maahk, Maahk."

Ständig wiederholten die im Kreis tanzenden Menschen den Gesang, der sich dabei mehr und mehr mit Energie aufzuladen schien.

Dazwischen sangen einzelne immer wieder einmal etwas anderes, für Mark Unverständliches. Nach und nach hatte sich daraus ein Wechselgesang entwickelt, zu dem er und Jaiya einander umkreisten, während sie sich zugleich um ein Feuer bewegten, das inzwischen in der Mitte des Kreises aufgeschichtet worden war.

Wie Erde und Mond auf ihrem Weg um die Sonne, nur dass sie nicht durch die Schwerkraft aneinander gebunden und in feste Bahnen gezwungen waren, sondern nur durch die Musik, durch Kräfte, die sie selbst erzeugten, die sie selbst kontrollierten, um sich von ihnen kontrollieren zu lassen.

Mark hatte erlebt, wie der Gesang aus ihren Namen hervorgegangen war. Aber jetzt klang es wie ein Lied, das diese Menschen schon seit Generationen kannten, nicht wie eins, das gerade erst entstanden war. Jeder schien seinen Text zu kennen und zu wissen, wann er an der Reihe war. Es gab keine Misstöne, niemals kamen sich zwei Sänger ins Gehege. Und obwohl beim Klatschen eine große rhythmische Vielfalt herrschte, bei der die Eingeborenen Hände, Schenkel und Oberkörper gleichermaßen als Instrumente nutzten, schlug nie jemand daneben.

Oder Mark bemerkte es nicht, weil jemand den vermeintlichen Fehlschlag aufgriff und nachträglich zu einer geschickten Akzentsetzung umdeutete. So musste es sein. Sie musizierten und tanzten wahrscheinlich jeden Tag. Sie waren ein perfekt aufeinander eingespieltes Orchester.

Mark lauschte genauer auf das Klatschen der Umstehenden. Folgten sie wirklich alle dem gleichen Takt? Er dachte daran, wie er mit Klara über den Umgang mit rhythmischen Fehlern gesprochen hatte, und musste lächeln. Was für eine grandiose Bestätigung seiner Theorie!

Im gleichen Moment ärgerte er sich. Er hatte sich durch den Gedanken an Klara selbst aus dem Takt gebracht, den Kontakt zur Musik verloren, zu Jaiya …

Nein, es war nicht Klara, die ihn abgelenkt hatte. Das Gespräch mit ihr war ihm eingefallen, weil da wirklich jemand kräftig daneben schlug. Und das überhaupt nicht zu bemerken schien, im Gegenteil. Der Misston wurde immer lauter. Es war auch kein Händeklatschen, sondern klang eher wie …

Mark erstarrte in der Bewegung, schaute zum Meer, schaute zu den Umstehenden. Schaute zu Jaiya.

Mit ein paar Schritten war er beim Feuer, ergriff zwei glühende Äste, lief damit zum Wasser und hielt die Fackeln gekreuzt über seinen Kopf.

Der Pilot des Helikopters verstand das Signal und stoppte die Annäherung. Mark schwenkte die Fackeln in Richtung Meer, bis der Helikopter sich zur äußeren Grenze der Bucht zurückgezogen hatte. Dann kreuzte er sie wieder. Danach warf er sie ins Wasser, wo sie zischend erloschen.

Er drehte sich um. In Jaiyas Augen strahlten immer noch Glück, Freude – Liebe? –, aber kein Schmerz. Ahnte sie nicht, dass er gehen musste? Ohne den Blick von ihm zu wenden, sagte sie ein paar Worte. Hatte sie seinen Namen genannt? Er war sich nicht sicher, aber offenkundig waren das ihre Abschiedsworte gewesen.

„Leb wohl, Jaiya", sagte er und kam sich dabei lächerlich vor, aber was sollte er sonst sagen?

Er wollte sich umdrehen, um zum Helikopter zu schwimmen, doch ihr besorgter Blick ließ ihn innehalten.

Was wollte sie?

Sie schaute suchend zur Seite. Gleich darauf kamen von dort zwei Männer mit einem Kanu. Sie setzten es im Wasser ab, reichten ihm ein Paddel und entfernten sich einige Schritte.

Auf so etwas konnte niemand vorher gefasst sein. Für so eine Situation gab es keine Richtlinien oder Handbücher.

Mark legte das Paddel in den Sand und wandte sich zu Jaiya und den immer noch im Halbkreis stehenden Eingeborenen. Er faltete die Hände vor der Brust, überlegte es sich aber noch einmal anders und kniete sich erst einmal hin, bevor er sich mit gefalteten Händen verneigte.

„Danke, Jaiya“, sagte er. „Ich danke dir. Ich danke euch allen.“

Die Worte waren ihr fremd, aber sie würde ihn verstehen. Er war sich ganz sicher.

Er stieg ins Kanu und paddelte, ohne sich noch einmal umzuwenden, zum wartenden Helikopter.

29

Es war spät geworden. Klara war müde, aber sehr zufrieden mit dem Abend. Beim öffentlichen Training kam immer wieder eine Gruppe von interessanten Leuten zusammen, die nicht nur beim Sport gut miteinander harmonierten, sondern sich anschließend auch viel zu sagen hatten.

Heute waren sie wieder die letzten Gäste im „Olympischen Feuer“ gewesen und mussten vom Wirt sanft hinaus komplimentiert werden.

Als sie jetzt die Tür zu ihrer Wohnung aufschloss, spürte sie, wie lang der Tag gewesen war. Sie stellte die Sporttasche im Flur ab. Gleich noch das feuchte Handtuch aufhängen und dann ins Bett. Wie spät war es eigentlich? Sie griff zu ihrem Telefon, das obenauf in der Tasche lag.

Seit Stunden hatte sie nicht aufs Display geschaut. Beim Sport und beim Essen gehörte sich das einfach nicht, es sei denn, man erwartete dringende Nachrichten. So nahm sie die Uhrzeit, die ihr in großen Ziffern entgegen leuchtete, jetzt zwar wahr, hätte sie im nächsten Moment aber schon nicht mehr nennen können.

Was ihr viel mehr ins Auge sprang, war die Zahl der Nachrichten, die sich in der Zwischenzeit angesammelt hatten. Klara erfasste mit einem Blick, dass es auf der Raumstation einen ernsten Zwischenfall gegeben haben musste. Sie war sofort alarmiert, wurde aber aus den Kurztiteln der Meldungen nicht schlau und öffnete die zuletzt eingegangene Nachricht. Es waren nur neun Worte. Danach war an Schlaf nicht mehr zu denken:

„Mark im Golf von Bengalen nackt aus Kanu geborgen."

30

Vielleicht wäre es möglich gewesen, das Treibhausmodul wieder an die Raumstation anzudocken. Juri war sich sicher, dass er das Manöver notfalls auch mit manueller Steuerung hätte durchführen können.

Aber es hatte keinen Sinn gehabt. Durch das Bullauge des Moduls, in das er und Nick sich in letzter Sekunde hatten retten können, sahen sie, wie die Raumstation auseinanderbrach. Als würde eine Schockwelle durch die gesamte Konstruktion rasen und sich zu immer stärkeren Vibrationen aufschaukeln. Als die erste Antenne brach, begann die gesamte Station zu taumeln, langsam erst, dann immer schneller, als die Solar Panels sich zu lösen begannen.

„Was war das?"

Nick sprach die Frage als erster aus. Wie lange sie stumm dem Geschehen zugesehen hatten, hätte keiner von ihnen sagen können.

Solange es darum gegangen war, das Treibhausmodul zu verschließen, von der Station abzukoppeln und in eine sichere Entfernung zu manövrieren, hatten sie automatisch reagiert, hatten eingeübte Protokolle abgearbeitet, sich knappe Kommandos zugerufen. Sie brauchten einige Atemzüge, um die innere Alarmstufe abzusenken und wieder weiter als bis zum nächsten Handgriff zu denken.

„Was war das?", wiederholte Juri. „Eine Kollision? Ein Steuerungsfehler? Ein Anschlag? Die Faust Gottes?"

Er stieß sich vom Fenster ab. „Es wird eine Untersuchung geben."

„Werden wir die Ergebnisse jemals erfahren?"

„Ich kann mir nicht vorstellen, dass der Bericht als geheim eingestuft wird. Aber wenn, dann wäre das sicherlich ein klares Indiz für einen Anschlag."

„Meine Frage bezog sich eher darauf, ob wir noch lange genug leben werden, um davon zu erfahren."

Juri zog die Beine an, streckte die Arme aus und kam dadurch in eine komplexe, kreiselnde Rotation. Er hatte das hier drinnen oft geübt, es war seine ganz private Tanzmeditation: Bewegungen erfinden, die ihm immer wieder neue Ausblicke auf die Pflanzen, seine Schützlinge, eröffneten.

„Das kommt darauf an, wie lange wir die hier am Leben erhalten."

Das Treibhaus hatte die Lebensqualität an Bord der Raumstation verbessert, aber sein Hauptzweck war die Erforschung von geschlossenen Lebenserhaltungssystemen.

„Aus dem Experiment ist ein Ernstfall geworden", sagte Nick.

„Ich würde eher sagen, das Experiment ist in seine kritische Endphase getreten. Etwas früher als geplant, aber damit sollten wir klarkommen. Lass uns anstoßen."

Er wollte sich abstoßen, um zwei Behälter mit Treibhauswasser zu holen, hielt aber inne.

„Nein, halt. Ich weiß was Besseres."

Ein Leuchten lief über sein Gesicht.

„Du erinnerst dich an unser Startritual auf dem Weg zur Startrampe?"

In Gedenken an Juri Gagarin, der auf dem Weg zur Rakete damals den Bus hatte anhalten lassen, um kurz vorm Start seine Blase zu erleichtern, war es üblich, dass die Raumfahrer an die Räder des Busses pinkelten, bevor sie ihr Raumschiff bestiegen.

„Wie könnte ich das vergessen“, sagte Nick.

„Wir müssen es noch einmal wiederholen.“

Er deutete auf die Pflanzen.

„Bis uns hier oben – hoffentlich – jemand abholt, werden wir mit ihnen für eine Weile gut auskommen müssen. Also lass uns freundlich zu ihnen sein und ihnen zur Begrüßung ein wenig von unserem köstlichen Harnstoff einschenken.“

Nick lächelte. Die Idee gefiel ihm, Juris Optimismus war mitreißend. Aber er fragte sich, wie Juri sich das vorstellte. Toilettengänge in der Schwerelosigkeit waren eine komplizierte Angelegenheit mit Absaugvorrichtungen.

Aber davon wollte Juri nichts wissen.

„Ich meine nicht, dass wir unseren Urin in die Bestäubungsanlage einspeisen. Nein, sie müssen ihn direkt von uns bekommen. Es geht um die persönliche Geste. Lass uns auf das Kartoffelbeet pinkeln.“

Er wies in die Richtung.

„Da ist genug Platz für uns nebeneinander. Und die Kartoffeln brauchen den Stickstoff am dringlichsten. Wir stellen die Lüftung so ein, dass die Tropfen in die richtige Richtung geblasen werden. In der Raumstation wäre so etwas natürlich verboten. Aber wir gehören nicht mehr zur Raumstation!“

Nick reichte Juri die Hand.

„Als kleiner Junge wollte ich immer von einem Hochhausdach pinkeln. Aber das hier ist viel besser. Juri, wir werden eine gute Zeit miteinander haben. Wie viel auch immer uns noch vergönnt sein mag. Es ist mir eine Ehre und eine Freude, mit dir durchs All zu fliegen."

Juri schlug ein.

Das Lied von Maahk

Jaiya Maahk Jaiya Maahk Jaiya Jaiya Maahk Maahk
Maahk kommt von den Toten.

Jaiya Maahk Jaiya Maahk Jaiya Jaiya Maahk Maahk
Maahk trifft Jaiya am Strand.

Jaiya Maahk Jaiya Maahk Jaiya Jaiya Maahk Maahk
Jaiya ist eine große Zauberin.

Jaiya Maahk Jaiya Maahk Jaiya Jaiya Maahk Maahk
Jaiya spricht mit Maahk.

Jaiya Maahk Jaiya Maahk Jaiya Jaiya Maahk Maahk
Jaiya sagt: Die Toten leben bei den Sternen.

Jaiya Maahk Jaiya Maahk Jaiya Jaiya Maahk Maahk
Jaiya sagt: Der Tod verwandelt uns.

Jaiya Maahk Jaiya Maahk Jaiya Jaiya Maahk Maahk
Jaiya sagt: Der Tod macht uns hell.

Jaiya Maahk Jaiya Maahk Jaiya Jaiya Maahk Maahk
Jaiya sagt: Hell wie die Sterne, bei denen wir leben.

Jaiya Maahk Jaiya Maahk Jaiya Jaiya Maahk Maahk
Jaiya sagt: Wenn Jaiya stirbt, wird sie ein heller Wanderstern.

Jaiya Maahk Jaiya Maahk Jaiya Jaiya Maahk Maahk
Maahk kehrt zurück zu den Toten.

Jaiya Maahk Jaiya Maahk Jaiya Jaiya Maahk Maahk
Wenn Jaiya stirbt, sieht sie Maahk wieder.

Der Herausgeber

Jürgen Kuri, geboren 1959 in Freiburg i. Brsg., arbeitet seit 1996 für *c't magazin für computertechnik* und *heise online*, wo er sich nach den Anfängen als Spezialist für Netzwerke und das Internet seit Anfang 2000 vor allem mit dem Auf- und Ausbau des Online-Angebots und der Entwicklung von *heise online* beschäftigt. Seit 2001 ist Kuri stellvertretender Chefredakteur von *c't*, seit 2012 auch von *heise online*. Er konzentriert sich mittlerweile ganz auf *heise online* und den weiteren Ausbau des Online-Portals. Thematisch beschäftigt sich Jürgen Kuri vor allem mit den Entwicklungen der digitalen Welt, der Netzpolitik und den gesellschaftlichen Auswirkungen der Digitalisierung.

Der Autor

Dr. Hans-Arthur Marsiske, geboren 1955 in Otterndorf, lebt und arbeitet als freier Autor in Hamburg. Im Alter von 13 Jahren sah er zum ersten Mal Stanley Kubricks *2001: Odyssee im Weltraum* und versucht seitdem die Rätsel zu lösen, die dieser Film aufgeworfen hat. Nach dem Studium der Soziologie und der Sozial- und Wirtschaftsgeschichte hat er als freier Autor zunächst über Film geschrieben, beschäftigt sich seit Mitte der 1990er-Jahre aber überwiegend mit Weltraumforschung, künstlicher Intelligenz und Robotik. Auf *heise online* berichtet er seit 15 Jahren regelmäßig vom RoboCup und anderen Roboterwettbewerben und glaubt (beweisen kann er's nicht), mit dem Live-Streaming vom RoboCup 1999 in Stockholm auf *Spiegel Online* der erste Robotersportreporter der Welt gewesen zu sein.